C'È UN MODO MIGLIORE DI VIVERE

La scelta! La chiave è *la scelta.* Non dovete trascorrere la vita disperandovi nel fallimento, nell'ignoranza, nel dolore, nella povertà, nella vergogna e nell'autocommiserazione. Allora perché tanti di noi scelgono di vivere in questa maniera?

La risposta è semplice. Chi vive nell'infelicità non ha mai scelto le cose migliori della vita perché *non ha mai avuto la consapevolezza di avere la possibilita` di una scelta!*

Dello stesso Autore presso le nostre edizioni:

Il più grande venditore del mondo
Il più grande venditore del mondo
(Parte II: la fine della storia)
Il più grande venditore del mondo (Audiolibro)
Guida al più grande venditore del mondo
Il più grande successo del mondo
Il più grande miracolo del mondo
Il più grande miracolo del mondo (Audiolibro)
Il più grande segreto del mondo
Il dodicesimo angelo
Il dono dell'incantatore
La stella Acabar
Un modo migliore per vivere
Segreti per il successo e la felicità
Il mistero Gesù Cristo
Missione successo
Il più grande mistero del mondo
Università del successo (2 voll.)
I dieci rotoli del successo
Il memorandum di Dio
Successo senza limiti
La grande Trilogia

Seguici su:
Gribaudi Business & Self help
@GriBusiness
www.gribaudi.it

Piero Gribaudi Editore srl
Via C. Baroni, 190
20142 Milano
Tel. 02-89302244 – Fax 02-89302376
e-mail: info@gribaudi.it

OG MANDINO

LA SCELTA

Gribaudi

20142 Milano – Via C. Baroni, 190

Titolo originale dell'opera:
The Choice

Published by arrangement with
Bantam Books, a division of Bantam
Doubleday Dell Publishing Group, Inc.

Traduzione di Sandra Zerilli

ISBN 978-88-7152-384-2

Settima ristampa: marzo 2018

Copertina di Ideaesse
Fotocomposizione e stampa:
Grafiche VD – Città di Castello (Pg)

Dedicato a una splendida signora che mi ha insegnato il vero significato dell'amore, molti anni fa... mia sorella, Jackie.

Io sono più grande di qualsiasi cosa mi possa accadere. Tutto – il dolore, le sventure e la sofferenza – rimane fuori dalla mia porta. Io sono in casa e possego la chiave.

Charles Fletcher Lummis

L'uomo si fa o si distrugge da sé. Con la scelta giusta può elevarsi. Come essere di potere, intelligenza e amore e come padrone dei suoi stessi pensieri, egli possiede la chiave per ogni situazione.

James Allen

CAPITOLO I

L'unico calendario di cui ho bisogno è fuori dalla mia finestra. Le foglie degli aceri sulla collina sono diventate secche e pallide; il rosso e il giallo, prima sgargianti, sono adesso sbiaditi dalle gelate della settimana scorsa.

Lavora nel modo migliore e sii pronto a partire quando Dio ti chiamerà, scrisse Tyron Edwards, grande nome del diciannovesimo secolo. Queste parole, insieme all'analogia della foglia che ha ormai completato il suo ciclo vitale, gravano pesanti su di me mentre siedo qui, solo nel mio studio, pregando di avere la forza per affrontare il mio terribile segreto.

Morirò tra novanta giorni.

Scrivo questo racconto con la massima rapidità perché, in realtà, non ho la minima idea di quanto tempo mi resti ancora da vivere. Ci sarò per il Giorno del Ringraziamento? Forse. E a Natale? Forse no. Certo è che la neve, che presto cadrà su quelle foglie, coprirà anche la mia tomba, prima ancora che siano passati molti giorni dall'inizio del nuovo anno.

Sono stato colpito da una terribile malattia?

No. Quattro mesi fa, dopo il controllo annuale, il dottor Scagno mi aveva assicurato che tutto era *a posto* e che il mio era il fisico del quarantaduenne più sano che avesse mai visto da tempo.

Sto pensando al suicidio? Assolutamente no. Se mai esiste uomo che possieda tutto ciò per cui valga la pena vivere, quello sono io.

Allora perché questa terribile sensazione di fine imminente, perché questa certezza di scadenza ha scatenato sui tasti della mia macchina da scrivere questo frenetico racconto? Dopo tutto, chi di noi può avere la certezza di vedere sorgere il sole domani? Forse capirete dopo aver letto le mie parole.

Spero che, quando avrò terminato il mio racconto – se mai riuscirò – anch'io potrò avere una visione più chiara di quanto mi è successo da quel giorno indimenticabile di oltre sei anni fa, quando all'improvviso cambiai la direzione della mia vita. La decisione fu mia – solo mia – e persino ora, con i giorni contati, se potessi tornare indietro, rifarei tutto allo stesso modo.

Ogni giorno tutti abbiamo scelte da fare, il più delle volte tanto semplici e abituali, da divenire automatiche quasi come respirare. La colazione, i vestiti da indossare, la strada da percorrere per andare al lavoro, i conti da pagare o da mettere da parte, i programmi da guardare alla televisione, le proprie mansioni al lavoro, il modo di salutare un amico o un nemico... nessuna di queste cose viene da noi memorizzata per più di un'ora.

Ma ci sono altre scelte da prendere di tanto in tanto, scelte che poi possiamo riconsiderare a qualsiasi età, ricordandole con gioia o amarezza a seconda delle loro ripercussioni negli anni successivi. È raro poter programmare o quanto meno prevedere questo tipo di decisioni. Come potrebbe essere altrimenti visto che la maggior parte degli uomini vaga sul sentiero della vita senza una destinazione precisa, uno scopo preciso, lottando solo per la propria sopravvivenza, spesso sulle difensive o sull'orlo della disperazione? Quando si vive in questo modo, le scelte sono limitate.

Non per me!

Non per Mark Christopher, il più giovane vicepresidente della Treasury Insurance Company, responsabile di ottantaquattro uffici nel New England e delle polizze stipulate da più di settecento tra agenti e direttori-vendite. Non per Mark Christopher, assistente alla Northeastern University che, una sera alla settimana, quando non era in viaggio, teneva un corso sulle vendite.

Il futuro si preannunciava molto promettente e una promozione nella sede di Chicago si profilava all'orizzonte. Ricordo ancora la lettera di lodi che avevo ricevuto da J. Milton Hadley, fondatore e presidente della Treasury Insurance, dopo aver letto sul *Boston Globe* un mio splendido encomio. In quel lungo articolo il giornalista mi aveva affibbiato un soprannome che ancora mi porto addosso da allora: "Mr. Successo".

Ogni volta che dovevo tenere un discorso ad una conferenza, citavo alcuni passi tratti da libri di grandi scrittori motivazionali ed esponenti di successo. A Natale, o anche in occasione di un compleanno, le persone che lavoravano alle mie dipendenze erano sicure di ricevere da me un libro motivazionale che avrebbe potuto aiutare la loro carriera, libri di autori come Napoleon Hill, Franklin Bettger, Dorothea Brande, Maxwell Maltz, W. Clement Stone o Norman Vincent Peale. "Mr. Successo" era un soprannome appropriato, pensavo, per uno che conosceva perfettamente i suoi obiettivi e che sapeva dove trovare le risposte per raggiungerli.

Poi, una mattina che non dimenticherò mai, iniziai una nuova vita. Tutto si svolse come le centinaia di altre domeniche mattina che si ripetevano da anni. Mi svegliai al primo squillo della sveglia, affrettandomi a spegnerla prima che potesse disturbare Louise. Scivolai silenziosamente dal letto avvicinandomi alla finestra. Il temporale annunciato la sera prima dalle previsioni non c'era stato. Si vedevano ancora le stelle, e un sottile quarto di luna incominciava a ritirarsi pigramente dietro gli alberi. Iniziava una splendida giornata estiva.

Mi feci la doccia, mi rasai, indossai il mio completo da golf preferito: la polo abbinata ai pantaloni beige; poi scesi in cucina in punta di piedi.

Dopo aver messo a scaldare l'acqua per una tazza di caffè, uscii fino al garage, aprii la saracinesca e, passando attentamente tra le biciclette e le due auto, tirai fuori le mie mazze da golf. Di solito le lasciavo nell'armadietto del *country club*, ma questa volta ero appena rientrato dalle Bermuda, dove si era tenuto un raduno dei soci e avevo approfittato per giocare un po'. Mi sentivo in perfetta forma e aspettavo i ragazzi che sarebbero venuti a prendermi alle sette in punto, come accadeva ormai da anni.

Presi due pillole di vitamine con il succo d'arancia e mi sedetti davanti al caffè e alla brioche. Avevo ancora venti minuti prima di sentire il colpo di clacson dei miei amici.

Sorseggiando il caffè, mi misi ad osservare un gruppo di pettirossi sbandare animatamente intorno ad un grande acero nell'angolo del cortile. Ogni tanto, per qualche misterioso segnale, tutti interrompevano la corsa per fermarsi sul ramo più basso dell'albero, ogni singolo uccellino equidistante dall'altro, ciascuno rispettoso del territorio altrui, un'abitudine che noi umani abbiamo dimenticato. Fermi o in movimento, il loro forte cinguettio produceva un chiasso che rompeva il tranquillo silenzio della mattina.

Poi udii qualcosa, come dei passi a piedi nudi al piano superiore. L'orologio della cucina segnava le 6,15: chi poteva essere? Seguirono ancora altri passi. Pensai ai due ragazzi che potevano essersi alzati contemporaneamente per andare in bagno.

Andai con la mente alla partita che fra poco avrei disputato. La settimana scorsa avevo giocato male, ma oggi sarebbe stato diverso. Ero ottimista: alle Bermuda ce l'avevo messa tutta, per cui adesso mi sentivo più sicuro. Rilassai il corpo utilizzando la tecnica appresa dai grandi del successo, attraverso i loro libri. Una cosa molto semplice. Occorre solo immaginare di avere già raggiunto il proprio scopo, qualunque esso sia. Una volta ben fisso nella mente, con la ferma convinzione di averlo già tra le mani, possono avvenire cose sorprendenti. Con questo semplice procedimento, negli anni, sono riuscito a raggiungere obiettivi ben più importanti che correggere un colpo di mazza.

Con le spalle rivolte all'ingresso e alle scale, ero talmente concentrato sulla partita che non mi accorsi dell'arrivo di Todd e Glenn, i miei due figli, se non quando mi furono dietro. «Auguri per la Festa del Papà!», dissero abbracciandomi e dandomi un gran bacio sulla guancia, come solo due bambini di dodici e sei anni sanno fare.

Todd, il più piccolo, aveva in mano una busta bianca su cui aveva scritto «Papà». Me la porse con tutto l'orgoglio che avrebbe riservato ad un dieci sul compito. Aprii la busta e tirai fuori il biglietto che diceva: «Al più grande papà del mondo». Firmato con le stesse lettere grosse e irregolari: «Con amore, Todd».

Glenn, il maggiore, sentendosi ovviamente troppo grande per simili sentimentalismi, mi porse semplicemente la busta. Il suo biglietto era esattamente come quello di Todd, «Al più grande papà del mondo». Prima che il fratello maggiore riuscisse a zittirlo, Todd disse: «Li abbiamo comprati con i nostri soldi, papà!»

Li abbracciai e baciai entrambi, dicendo che mi erano molto cari. Dopo un breve scambio di parole, Todd sbadigliò, allora dissi loro che era ancora molto presto ed era meglio tornare subito a letto. Non ci fu niente da fare. Avevano deciso di vedermi prima che uscissi per andare alla mia partita di golf e ora che erano in piedi, non avevano intenzione di tornare a dormire. Anzi, si precipitarono al tavolo a divorare enormi porzioni di cereali.

Mentre li osservavo ascoltandoli, crebbe in me una strana sensazione. Poteva trattarsi solo di un'illusione ottica creata dal vetro appannato della mattina, ma Glenn, il più grande, sembrava come crescere davanti ai miei occhi. O forse era la prima volta che lo guardavo veramente come non capitava da chissà quanto tempo. Era un bel ragazzo e, per sua fortuna, somigliava sempre più a sua madre. Com'era cresciuto! Sul labbro superiore c'era anche un accenno di peluria; le mani sembravano gigantesche e la voce incominciava ad avere un timbro diverso. Durante le lunghe ore passate in ufficio e all'università, oltre ai weekend dedicati al golf, non avevo notato il graduale passaggio dal bambino, a cui facevo il bagno tutte le sere, al giovane uomo che ora mi stava seduto di fronte. Fui travolto subito dal pensiero che nel giro di cinque anni se ne sarebbe andato al college e che entro dieci sarebbe più o meno uscito dalla mia vita.

Mi girai quindi verso Todd che stava cercando di leggere ad alta voce il retro della scatola dei cereali. Frequentava già la prima elementare. Ricordavo ancora il giorno della sua nascita come fosse ieri. Come erano volati quei sei anni! Alzò lo sguardo dalla scodella spalancando i suoi grandi occhi scuri, identici a quelli di sua madre. Per la prima volta mi accorsi di quanto erano diventati rossi i suoi capelli, quasi come quelli di sua nonna, che lui non aveva mai conosciuto... Mia madre li avrebbe adorati e viziati entrambi.

Todd rispose al mio sguardo con una smorfia. «Cosa c'è, papà, non ti sono piaciuti i biglietti?»

Assicurai loro che erano stupendi: i biglietti per la festa del papà più belli che avessi mai visto. Fu allora che sentii il colpo di clacson: i ragazzi erano arrivati. Mi alzai, abbracciai i bambini e andai verso il garage. Loro mi seguirono e quando fui sul vialetto, Todd disse: «Metticela tutta!» e Glenn urlò: «Spero che tu vinca!»

Dopo un cenno di saluto, raggiunsi la macchina. Bob scese dal posto di guida per aprirmi il bagagliaio della station wagon per sistemare le mie mazze. Ma io, dopo qualche breve parola di scusa, lo salutai. Bob, dopo un primo momento di stupore, risalì in macchina contrariato, sbattendo la portiera; accese il motore e ripartì.

Io rimasi là, in piedi, nel mio bel completo da golf, cercando di capire perché l'avevo fatto. A guardarmi dal garage, confusi come me, c'erano i miei due ragazzi in pigiama.

Todd si precipitò lungo il vialetto e si buttò tra le mie braccia. Affondai il volto nel suo piccolo petto finché domandò: «Papà, perché piangi?»

Cosa potevo rispondergli?

Come potevo confessare che le mie lacrime erano causate da tutte le ore, i giorni e gli anni durante i quali avevo trascurato la mia famiglia, dedicandomi ai progetti, alle conferenze e alle partite di golf...

CAPITOLO II

Fu così che la mattina dopo dettai la mia lettera di dimissioni, con un preavviso di trenta giorni, indirizzata a J. Milton Hadley. Quattro giorni più tardi, come mi aspettavo, arrivò una telefonata in ufficio. Sentii all'altro capo una voce familiare.

«Mark, cosa succede?»

«Ciao Martha, come sta la miglior segretaria d'America?»

«Lascia perdere come sto io. Tu piuttosto. Cosa c'è che non va?»

«Niente. Sto benissimo. Anzi, mi sembra di essermi levato dalle spalle il peso del mondo intero e mai mi ero reso conto prima di quanto pesasse».

«Il Signor Hadley ha letto la tua lettera».

«Sì...?»

«Vuole vederti, a casa sua, appena possibile».

«Me lo immaginavo, ma non servirà a niente. Ormai ho deciso».

«Mark, non devi convincere me! Ti conosco meglio di lui. Ho cercato di farti cambiare idea su altre questioni per oltre cinque anni. Santo cielo!

L'imperturbabile, indomabile, incorruttibile signor Christopher! Lui vuole vederti lo stesso, quando ti sarà possibile, naturalmente».

«Naturalmente. Dov'è?»

«A Los Angeles, ad una conferenza dell'associazione americana dei banchieri, ma tornerà stasera tardi».

«Com'è il suo programma di domani?»

«Pieno come sempre. Ma non c'è niente che non possa essere rimandato».

«Okay. Sarò lì intorno a mezzogiorno. La mia segretaria ti richiamerà per informarti sul mio arrivo non appena avrà confermato il volo».

«Ci sarà la limousine a prenderti all'aeroporto».

«Bene».

«Mark?»

«Sì, Martha?»

«Disgraziato!» e riagganciò.

L'enorme biblioteca in teak di J. Milton Hadley occupava un'ala intera della sua villa di ventotto stanze affacciata sul lago Michigan. Perché la chiamasse *la sua biblioteca* era un mistero per tutti, considerato che non c'era nessun libro in vista tranne una grande Bibbia rilegata in pelle appartenuta nientemeno che a George Washington. Il signor Hadley non era «uno che legge», come amava ripetere a quei pochi che egli considerava sufficientemente importanti per poter entrare nel suo rifugio personale; lui era «uno che agisce».

Sedeva alla sua imponente scrivania orientale scolpita a mano, sistemata sotto il ritratto a olio a grandezza naturale di Dwight Eisenhower in uniforme da generale. Si diceva che il signor Hadley fosse stato il maggiore finanziatore delle campagne di Ike nelle sue due corse alla Presidenza e che, per questo, gli fosse stata offerta l'Ambasciata d'Italia, offerta che lui però aveva declinato sostenendo di non amare né la pasta e neppure l'opera e che di sicuro a Roma, nel giro di tre mesi, si sarebbe annoiato a morte.

Seduto alla sua sinistra era Morris Rosen, vicepresidente e consigliere generale della Treasury Insurance Company, con il suo solito aspetto tormentato e, alla sua destra, Wilbur Gladstone, amministratore. Dopo che ebbi stretto la mano a tutti, il signor Hadley mi indicò la sedia vuota di fronte a loro, per fare di me un ottimo bersaglio.

Il vecchio signor Hadley non era mai stato uno dai tanti convenevoli. Si sporse in avanti, si aggiustò gli occhiali e si schiarì la voce.

«Mark, tu sei una delle maggiori risorse per la nostra Società. Ho sempre affermato che la nostra potenza non si fonda sugli investimenti, ma sulle persone come te. Hai fatto veri miracoli nei dodici anni che sei stato con noi, e sei ancora così giovane. Incredibile! Sono molto orgoglioso di te. L'anno scorso la tua zona ha prodotto quasi un miliardo di dollari di nuove coperture assicurative, e il *turnover* di agenti sotto la tua direzione è probabilmente il più basso mai registrato presso di noi. Sei fatto per questa professione e non sopporto di vederti buttare all'aria tutti questi anni di duro lavoro».

Rovistò impaziente tra un piccolo mucchio di

carte sulla sua scrivania e finalmente trovò la mia lettera di dimissioni, sventolandola come un ventaglio. «Questa lettera non motiva la decisione di lasciare la società. Ritengo, per lo meno, che tu ci debba delle spiegazioni. Ti spiace dirci, ora che siamo qui in privato, che cosa ti ha portato a questa improvvisa e strana decisione, sempre che tu non l'abbia cambiata?»

Durante il volo da Boston avevo cercato di anticipare tutte le domande che mi avrebbero potuto fare, scrivendomi delle risposte su di un notes, perfezionandole, cambiandole, riformulandole fino a sentirmi soddisfatto. Ora però era diverso, davanti a quell'uomo che tanto rispettavo, un uomo che aveva costruito una società che in meno di cinquant'anni aveva raggiunto il valore di oltre due miliardi di dollari.

Mi sforzai di guardarlo direttamente negli occhi. «Signor Hadley, da quando ho iniziato a lavorare per questa società ho dedicato ogni momento alla mia carriera, muovendomi da una sfida all'altra come se si trattasse di un gioco, un gioco che ero certo di vincere. Solo recentemente ho realizzato, però, che a perderci sono le tre persone che amo, che mi amano e che più hanno bisogno di me: mia moglie e i miei due figli. Il prezzo che hanno dovuto pagare in tutti questi anni si è fatto davvero troppo alto».

Il signor Hadley intervenne corrugando la fronte: «Mi sembra, comunque, che tu sia ben in grado di compensare i loro sacrifici, esaudendo tutte le loro necessità. Almeno il novantanove per cento della popolazione americana sarebbe invidioso di te».

«Temo che lei non capisca, signor Hadley. La mia decisione ha poco a che fare con il denaro e molto invece con il tempo. Dov'ero quando mio figlio maggiore partecipava alla sua prima partita di baseball? A Portland a dirigere una conferenza. Cosa rispondo quando il piccolo Todd mi sfida a una partita di ping-pong o vuole giocare un po' a football? Che sono troppo impegnato o stanco, rimandando a domani. Bene, mi sono appena reso conto che il domàni non è mai certo. Per nessuno. Quando mia moglie ebbe un grave incidente d'auto, impiegarono sette ora prima di rintracciarmi perché ero nel New Hampshire a seguire un nuovo manager. Lo sa che posso contare sulle dita della mia mano le cene in famiglia degli ultimi dodici mesi, escludendo quest'ultima settimana? Quelle tre persone meravigliose sono senza un padre e un marito! Hanno solo una macchina-fabbrica-soldi che ogni tanto torna a casa, si cambia d'abito ed è di nuovo in partenza. Si meritano di più, e anch'io. Finché posso, voglio andare a sentire il profumo delle rose di cui mi parlano tanto».

Morris Rosen, il consigliere generale, che scribacchiava freneticamente sul suo notes, alzò la penna e disse: «Ma il suo problema non può anche derivare dal modo di gestire il suo tempo libero? Lei non insegna anche all'università? È tutto tempo che porta via alla sua famiglia e che non ha niente a che vedere con la Treasury Insurance».

«Ha ragione, Morris. Gioco anche molto a golf

il sabato e la domenica. Non si tratta di lavoro, come pure le lezioni universitarie. Ho intenzione di porre fine a questa corsa assurda nella quale mi sono buttato, per considerare le fortune che già possiedo e per lasciare solo a voi questa maratona interminabile. Ci deve pur essere un modo migliore di vivere e io voglio trovarlo ritirandomi».

«Parole eloquenti, Mark», disse il signor Hadley, «ma non dimenticare che anche Thoreau, alla fine, fu costretto a uscire dal bosco. Non ti sembra di fare dei ragionamenti un po' "anni sessanta"? Credo che oggi la gente cerchi di darsi da fare, non di ritirarsi. Sei forse così indipendente economicamente da poterti permettere un cambiamento tanto drastico nella tua vita?»

«No, signor Hadley, si sbaglia. Louise e io non ci siamo mai preoccupati tanto del futuro, perciò abbiamo sempre vissuto grazie al mio reddito. Credo di avere circa trenta mila dollari di risparmi, tutto qui».

Il signor Hadley sorrise per la prima volta. «Non è un po' poco per chi si è costruito una splendida carriera proprio convincendo gli altri che è meglio mettere da parte dei risparmi, con assicurazioni e vitalizi, per i momenti di bisogno?»

Sorrisi anch'io: «Forse sì, ma ho sempre creduto di saper affrontare i momenti di bisogno, qualora si fossero presentati, meglio di molti altri».

«Ma certamente riceverai una grande somma con la pensione e la compartecipazione agli utili».

«Temo proprio di no. L'anno scorso ho dovuto

tirare fuori il più possibile. Dopo due infarti, mio padre è stato ricoverato per quasi cinque mesi. Il ricovero, più i due specialisti e le numerose infermiere di cui ha avuto bisogno, hanno esaurito sia la mia pensione che gli utili».

«Come sta ora tuo padre?»

«È morto. L'abbiamo perduto a dicembre».

«Mi dispiace... perdona tutte queste domande personali, ma è solo perché mi stai molto a cuore. E la casa? Sei a posto con quella?»

«No. Con l'espansione della società nel New England, abbiamo dovuto cambiar casa sette volte. La casa in cui viviamo ora, a Brookline, è la prima vera nostra casa. L'abbiamo comprata versando un minimo acconto e se dovessimo venderla, sarà una vera fortuna riuscire ad andare in pari considerato l'andamento del mercato degli immobili».

Il signor Hadley si portò più avanti e chiese: «E... Louise cosa ne pensa della tua decisione?»

«Francamente credo che sia davvero convinta che io non riesca ad andare fino in fondo. Quando l'ho lasciata all'aeroporto era sicura che, dopo questo nostro incontro, avrei cambiato idea. Anche se spera che io non lo faccia. Mi ha sempre ammirato e sostenuto pur ricordandomi che, sebbene avesse promesso di amarmi nella buona e nella cattiva sorte, non era certa che questa comprendesse anche la colazione, il pranzo e la cena».

«Hai due figli, vero Mark?»

«Ottimi ragazzi».

«Immagino che tu voglia mandarli al college quando sarà il momento».

Sapevo bene di avere di fronte a me un esperto, che ammiravo e al quale tra l'altro ero molto affezionato. Non c'era dunque motivo di imbrogliarlo. Annuii semplicemente.

Il signor Hadley, grattandosi la fronte, continuò: «C'è qualcosa che mi sfugge, figliolo. Hai solo trentasei anni. Ne avrai da vivere almeno altrettanti, la maggior parte dei quali potrebbero essere molto proficui. Sei una persona intelligente, brillante ed è proprio questo che mi lascia perplesso. La Treasury Insurance è stata per anni la tua vita e il tuo futuro, assicurandoti un ottimo reddito. Come manterrai la famiglia? Che cosa pensi di fare per il resto della tua vita?»

Esitai, certo che se gli avessi rivelato i miei progetti per il futuro, avrei scatenato una bella risata. Il signor Hadley interpretò diversamente il mio silenzio, forse pensando che quello era il momento ideale per il suo asso nella manica. Si alzò, girò intorno alla scrivania e mi appoggiò la mano su una spalla.

«Mark, come sai è da qualche tempo che Sam Larson non sta bene. Abbiamo accettato la sua richiesta di anticipargli la pensione. Ora io ti offro il suo posto di vicepresidente, raddoppiando il tuo stipendio attuale. Puoi incominciare anche subito. Naturalmente dovrai trasferire la tua bellissima famiglia qui, vicino a Chicago, e prepararti a sopportarmi quasi tutti i giorni, ma credo che sopravviveremo entrambi. Abbi pazienza, non è stata una decisione improvvisa la nostra. Eravamo al corrente delle condizioni di salute di Sam e la sua sostituzione con te era stata già discussa in due consigli d'amministrazione. La tua lettera di dimissioni non ha fatto altro che obbligarci ad accelerare i tempi. Cosa mi dici?»

Cosa potevo dire? Ero sbalordito. Fin dal giorno in cui riuscii a vendere la mia prima polizza questo era stato il mio obiettivo: superare tutte le avversità, apparentemente insormontabili, e arrivare in alto. Potere, più denaro di quanto fossi in grado di spendere, e l'idea di presiedere un giorno la più grande compagnia di assicurazioni del mondo. Morris e Wilbur sorridevano entrambi con aria soddisfatta.

«Mark», continuò il signor Hadley appoggiandomi la mano su di una spalla, «non rispondermi subito. Sono certo che vorrai discutere della cosa con Louise e considerare...»

Si fermò non appena vide che scuotevo la testa. «Non ne devo parlare con Louise. All'aeroporto mi ha detto che qualsiasi decisione avessi preso, per lei sarebbe andata bene, anche se avessi cambiato idea. Ma non l'ho cambiata, signor Hadley. La ringrazio per la generosa offerta, che mi onora, ma no! Devo rifiutarla».

L'anziano signore ritirò subito la mano dalla mia spalla e tornò a sedersi. Morris e Wilbur fissavano il pavimento. Il signor Hadley incominciò a picchiettare la penna sul grande posacenere di marmo di fronte a lui, gli occhi fissi su una vecchia foto di lui con la moglie e i quattro figli.

Disse infine, a voce bassa: «Stando così le cose, non posso certo condividere il tuo modo di gestire la vita; anche se non posso non apprezzare il tuo coraggio. Ma dimmi, cosa farai adesso? Come riempirai le tue giornate? E soprattutto, come pensi di provvedere alla tua famiglia?»

Nessuno rise quando risposi. Anzi, sembrava quasi che avessi appena detto di volermi gettare dalla cima di un grattacielo l'indomani mattina.

La mia dichiarazione d'indipendenza fu breve quando dissi, con tutta la disinvoltura che potevo sfoggiare: «Farò lo scrittore!»

CAPITOLO III

Dopo quel doloroso incontro nella biblioteca del signor Hadley, Louise ed io facemmo un altro grosso cambiamento nella nostra vita, convincendo così anche gli amici e i parenti più cari che non stavamo scherzando.

Acquistammo un faro!

Una mattina a colazione, dopo che Todd e Glenn erano usciti per andare a scuola, squillò il telefono. Era Bob Boynton, direttore della Treasury Insurance Company a Keene, nel New Hampshire. Negli ultimi cinque anni Bob e io eravamo diventati molto amici, sebbene lui avesse vent'anni di età e di esperienze lavorative più di me. Ciò che più avevo apprezzato in lui era la sua voce priva di superiorità nei miei confronti quando mi chiamava "capo". Aveva molto carattere e, con l'aumento delle vendite nel corso degli anni, la sua diventava una delle aree più importanti della zona.

«Mark, mi manchi parecchio».

«Anche tu Bob. Come va?»

«Benissimo. Sembra che anche quest'anno stia andando ottimamente».

«Non mi sarei aspettato altro da te».

«Mark, tu e Louise state ancora cercando casa?»

«Altro che! Non c'è città nel nord del New England che non abbiamo visitato negli ultimi tre mesi. Avremo percorso almeno diecimila chilometri senza riuscire a trovare ciò che vogliamo al prezzo che possiamo permetterci. Conosci Louise. È convinta che quando vedremo la casa giusta per noi, lo capiremo subito».

«Hai già venduto la tua?»

«Non solo l'abbiamo venduta; abbiamo già iniziato le pratiche. Fortunatamente il nuovo proprietario è un dirigente della IBM che è stato trasferito da Dallas e non si stabilirà qui fino ai primi di febbraio. Almeno così abbiamo ancora tre mesi di tempo prima di dovercene andare. Fino ad allora gli paghiamo l'affitto; certo che adesso è proprio ora di decidersi».

«Puoi rilassarti adesso, vecchio mio, perché ho trovato la tua nuova casa. È a circa venti chilometri da qui. Quando tu e Louise la vedrete, capirete che la vostra ricerca è finalmente terminata».

«Cosa sei, un piccolo agente immobiliare che cerca di convincermi a tutti i costi?»

«Stai scherzando? Hai mai sentito il nome Joshua Croydon?»

«Mi sembra di sì, Bob, ma non ci metterei la mano sul fuoco».

«Bene, Mark, Joshua Croydon era un famoso naturalista e i suoi libri per bambini sulle meraviglie della natura sono straordinari».

«Certo! Credo che Todd ne abbia alcuni. Ma cosa c'entra Joshua Croydon con...»

«È morto sei settimane fa. Aveva settantanove

anni. Era anche titolare di una polizza della Treasury Insurance e ieri sono andato a casa sua, vicino a Jaffrey, per aiutare sua moglie a compilare la denuncia di decesso. La casa è in cima ad una collina, a circa trecento metri dalla Route 124. Ha tre acri di terreno, di cui uno interamente riservato al giardino che il signor Croydon curava, con fiori, ortaggi e anche un piccolo prato all'inglese. La casa ha almeno settant'anni, costruita da un vecchio comandante di baleniere. Ci sono sette camere e quattro camini; è tutta in legno originale e i Croydon hanno provveduto a fare l'isolamento termico completo sei anni fa. Esternamente è rivestita con doghe bianche. C'è anche un bel granaio che usavano come garage. La signora Croydon mi ha confidato di avere l'intenzione di metterla in vendita. È troppo impegnativa per lei, da sola, alla sua età. Le ho detto che forse avevo un acquirente e mi ha promesso che avrebbe aspettato a chiamare l'agenzia prima di risentirmi».

«E quanto costa? Te lo ha detto?»

«Novantacinquemila dollari, ma li vale fino all'ultimo centesimo. E non è tutto: ho lasciato per ultimo la cosa migliore».

«Come fa ogni bravo venditore».

«No, no! Ascolta quello che sto per dirti, Mark. Parlavi sul serio alla festa d'addio dagli Statler quando annunciasti che avresti fatto lo scrittore?»

«Serissimo».

«Bene, allora ascoltami. Sulla proprietà dei Croydon, a una ventina di metri dalla casa, c'è un faro!»

«Che cosa?»

«Un faro, alto forse quindici metri».

«Bob, l'Oceano Atlantico sarà ad almeno novanta chilometri da Jaffrey. Mi spieghi che cosa diavolo ci fa un faro nel New Hampshire?»

«Non saprei. La signora Croydon ha detto che forse il vecchio capitano aveva in mente di erigere un monumento in memoria dei suoi gloriosi giorni in mare e quindi, quando si ritirò, si costruì un faro. Ma c'è di più. Quando i Croydon vi si stabilirono, Joshua non badò a spese per trasformarlo nel suo studio. Dovresti vederlo! L'interno è tutto rivestito in pino con al centro una scala a chiocciola in ferro battuto e tanti scaffali sulle pareti; saranno sufficienti per tutti i tuoi libri!»

«Sembra troppo bello per essere...»

«Lasciami finire. Ti ho già detto che questo posto è su una collina: in cima al faro c'è una stanza con un tavolo e delle poltrone al posto di lanterne e fari potenti. Da quel paradiso in miniatura la vista del monte Monadnock, a soli nove chilometri di distanza, lascerà anche te senza fiato. Ed è abbastanza alto per vedere, nei giorni più limpidi, alcune tra le vette più alte del Massachussets e del Vermont. Anche il faro ha il suo camino e l'impianto di riscaldamento. Ci potrai scrivere tutto l'inverno, come faceva il signor Croydon. Mark, ti assicuro che quando sentirai quel profumo di pino e tutta quella pace intorno, ti metterai subito alla scrivania! Lo devi a te stesso, a Louise e ai ragazzi... dai un'occhiata a questa piccola meraviglia».

Andammo tutti e quattro a dare un'occhiata e fu amore a prima vista. Vendemmo le nostre due auto per una Jeep a quattro ruote motrici e ci trasferimmo nella nuova casa ai primi di gennaio; per il trasloco furono necessari due camion, uno dei quali con oltre cento scatoloni colmi di libri.

C'era una macchina parcheggiata davanti alla nuova casa ad aspettarci con la signora Croydon e sua figlia, venuta ad aiutarla con gli ultimi pacchi e per accompagnarla nel suo nuovo appartamentino vicino a quello dell'altra figlia, a Nashua.

La signora Croydon sembrava più piccola e fragile dell'ultima volta che l'avevamo vista in banca, e la sua voce spesso si interrompeva. Accennò un sorriso malinconico e disse: «Abbiamo pensato di aspettarvi. Non ci sembrava giusto lasciare le chiavi nella buca delle lettere. Ho pensato fosse meglio dargliele di persona, signor Christopher, augurando a lei, a sua moglie e ai suoi bellissimi ragazzi tutta la felicità che Joshua e io abbiamo avuto qui per più di trent'anni».

Le sue mani tremavano quando mise le chiavi nelle mie. Quindi si voltò verso la porta d'ingresso, con le esili spalle visibilmente incurvate. Scosse la testa: «L'anno scorso non c'era più Joshua ad appendere alla porta la ghirlanda di Natale. Non so. Non so proprio come dare l'addio alla culla di tanti ricordi felici...»

Si voltò e abbracciò Louise che a stento tratteneva le lacrime. «Signora Christopher, dia retta a una vecchia come me. Gli anni passano velocemente. Se li goda tutti, si goda tutti i giorni senza dimenticare quanto è fortunata. Non lo dia mai per scontato e, la prego, abbia cura della nostra casa».

«Senz'altro, signora Croydon», rispose Louise con le lacrime agli occhi, «glielo prometto».

La vecchia signora alzò lo sguardo verso una coltre di nuvole scure che sembrava librarsi a pochi metri dalla cima della collina. «C'è aria di neve. Ah, dimenticavo! Venga con me signor Christopher. Non le porterò via molto tempo».

Mi afferrò la mano e mi condusse nel granaio. Indicò un angolo buio: «C'è là uno spazzaneve che le sarà molto utile. Ha solo due anni, è suo. Con le prime nevicate dovrà spazzare il sentiero che dalla strada principale conduce alla casa. Le consiglio di chiamare Bill Lang di Jaffrey, il suo numero di telefono è nell'elenco. È una persona gentile e onesta e potrà mettersi d'accordo con lui quando ce ne sarà bisogno e – mi creda – ce ne sarà».

La ringraziai. Mi prese ancora per mano dicendo: «Ora andiamo al faro un attimo solo».

La porta del faro non era chiusa a chiave. Il suono dei nostri passi produceva una forte eco sulle pareti, con gli scaffali ora spogliati dei libri del signor Croydon. I mobili e le lampade erano stati rimossi dal piano terreno tranne una grande scrivania in pino sulla quale era sistemata un'antica macchina da scrivere.

La debole voce della signora Croydon risuonava all'interno del faro. «Ho saputo che lei è uno scrittore, signor Christopher».

«Spero di esserlo, un giorno».

«È una professione molto difficile e solitaria,

eppure sono certa che le ore più felici mio marito le abbia trascorse proprio qui, seduto alla scrivania, circondato dai suoi libri, alla ricerca delle parole giuste per descrivere ai suoi lettori il suo pensiero sulla vera relazione tra Dio, la natura e l'uomo».

Si avvicinò alla macchina, sfiorando i tasti consumati. «Quando Joshua lavorava su un libro, la sera tardi gli portavo del tè caldo. Lui si distraeva quel poco per ringraziarmi e darmi il bacio della buona notte e uscendo gli ripetevo sempre le stesse parole: "In bocca al lupo!"».

«Signora Croydon, cosa sono tutte queste monetine sul lato della macchina da scrivere?»

«Ah, certo», disse illuminandosi il volto. «Tutte le volte che Joshua terminava un libro attaccava una moneta alla sua macchina da scrivere. Dovrebbero essere quattordici: diceva che erano le sue tacche e che ciascuna simboleggiava una piccola vittoria nella sua lotta contro l'intolleranza e l'ignoranza».

«Sono convinto che Joshua mi sarebbe piaciuto. Farà venire qualcuno a ritirare la scrivania e la macchina?»

«Oh, no! Appartengono a questo posto. La prego, mi permetta di regalargliele affinché anche lei, sedendosi qua, venga benedetto dalla produttività e dalla soddisfazione interiore di cui Joshua ha goduto».

D'impulso aprii le braccia per abbracciarla, il suo esile corpo tremava leggermente quando mi sussurrò: «In bocca al lupo, signor Christopher».

CAPITOLO IV

Ai primi di maggio ci eravamo già ben sistemati. Todd e Glenn avevano imparato subito quanto potevano tirare in lungo la colazione prima di correre giù dalla collina e fare in tempo a prendere lo scuola-bus giallo del signor Flannery; una volta soli, Louise ed io ci dedicavamo a uno dei tanti progetti che seguono sempre un trasloco.

Poi, quando Louise iniziò ad andare avanti e indietro da Keene alla ricerca di tende e di centinaia di cose nuove per la casa, io cominciai a svuotare gli scatoloni dei libri per sistemarli sugli scaffali del faro. Quando finalmente furono tutti a posto, i miei tremila volumi erano un vero spettacolo: le copertine multicolori si susseguivano in cerchi sempre più stretti per tutta l'altezza all'interno della torre.

Gli scaffali più bassi erano riservati ai miei libri preferiti e più preziosi sul successo e sul modo di ottenerlo. Negli ultimi dieci anni, grazie ad un mercante di libri d'antiquariato che avevo scoperto a Boston in Beacon Street, avevo raccolto oltre settanta prime edizioni tra cui *Come trattare gli altri e farseli amici* di Dale Carnegie, *Come conquistare la vita* di Alexander Anthony e *Il potere del pensiero positivo* di Norman Vincent Peale.

Ancora prima di aver svuotato l'ultimo scatolone, avevo iniziato a lavorare al mio primo libro, felicemente isolato dal mondo esterno dai muri profumati di pino del faro e dallo spesso strato di neve che si era accumulato fuori. Nel giro di pochi giorni avevo ormai familiarizzato con la vecchia macchina da scrivere di Joshua Croydon e battevo i tasti ad una discreta velocità grazie anche ad un corso di dattilografia che, su insistenza di mia madre, avevo frequentato nell'ultimo anno di liceo. Sembra che scrivere a macchina sia come una di quelle attività che, una volta apprese, non si dimenticano più, come andare in bicicletta o nuotare.

Mia madre. Forse non era solo il contatto delle mie dita con i tasti della macchina da scrivere dopo tanti anni, ma il ricordo di lei e degli anni della mia gioventù continuava a distrarmi in quei primi giorni di scrittura solitaria.

Con quel suo viso da irlandese pieno di lentiggini, i capelli ramati e gli occhi verdi, mia madre mi aveva ripetuto spesso, fin dalla mia più tenera età, che da grande avrei fatto lo scrittore. «E non uno scrittore qualsiasi...», aggiungeva sempre, «... ma un *grande* scrittore!» Perché o da cosa fosse originato questo suo sogno non me lo sono mai chiesto mentre mi davo da fare, non solo per accontentarla, ma perché mi piaceva ascoltarla descrivere la vita meravigliosa che avrei potuto condurre quando sarei divenuto famoso. Mi fece leggere Kipling ed Emerson mentre i miei amici erano ancora alle prese con storielle elementari e incominciai a scrivere, per divertimento suo e mio, brevi racconti con finale a sorpresa prima ancora che i miei compagni di classe fossero costretti a cimentarsi con il primo tema.

L'ultimo anno di liceo i nostri progetti erano precisi: frequentare l'università del Missouri. Dopo aver preso in considerazione i vari college americani, mia madre e io eravamo infatti convinti che quella era la migliore scuola di giornalismo. Feci domanda d'ammissione e venni accettato. Mio padre se ne stava seduto in silenzio con un guizzo d'orgoglio negli occhi mentre ci osservava progettare il mio futuro.

E poi, sei settimane dopo il diploma, il cuore di mia madre smise di battere, improvvisamente. Solo un momento prima stava preparando un panino al tonno per il mio pranzo e un attimo dopo... scivolava ai miei piedi, morta. Senza dire una parola, niente.

Il nostro sogno fu sepolto assieme a lei. Incapace di affrontare ciò che il destino mi aveva riservato, nonostante le insistenti preghiere di mio padre, abbandonai l'idea dell'università e della carriera di scrittore ed entrai nel settore delle vendite. Lavoro in cui feci una brillante carriera fino al giorno in cui due ragazzi in pigiama, con in mano un biglietto di auguri per la festa del papà, mi hanno involontariamente fatto capire che era giunto il momento di riconsiderare la mia vita.

Sono convinto che scrivere sia la meno apprezzata tra le arti creative. Solo una piccolissima parte della popolazione si cimenta con la scultura, la pittura o con la musica; invece tutti scrivono, che si tratti di lettere, inviti, liste della spesa o anche di una semplice firma su un assegno. Non è quindi azzardato aspettarsi che una persona qualsiasi con un minimo di autostima si ritenga in grado, con il tempo e la voglia necessari, di poter scrivere un articolo o un libro per lo meno accettabili.

Si potrebbe anche affermare che ogni giorno e ogni notte almeno mezzo milione di persone – solo negli Stati Uniti – si dedicano alla stesura di un libro. Ogni anno vengono pubblicati oltre quarantamila volumi, anche se la triste verità è che solo pochissimi assicurano all'autore e all'editore, con la loro vendita, un certo profitto. Scrivere procura facilmente successo e fortuna? Raramente. Un recente sondaggio ha rivelato che il reddito medio della maggior parte degli scrittori che hanno pubblicato un libro è inferiore ai cinquemila dollari!

Per fortuna non ero a conoscenza di queste terribili statistiche quando, ogni giorno, mi mettevo al lavoro alla vecchia macchina da scrivere di Joshua Croydon. Sapevo che cosa volevo scrivere e mi dedicai appassionatamente al mio progetto. La premessa era semplice. Credevo, allora come oggi, che lo sviluppo dell'America nel suo primo secolo e mezzo di vita fosse in gran parte dovuto all'esempio-guida e alla motivazione di un gruppo di individui che erano riusciti a descrivere il successo. Con le nuove generazioni, si trasmise ai bambini l'immagine del sogno americano, sia a scuola che a casa, attraverso la lettura delle opere di Cotton

Mather, Benjamin Franklin, Elbert Hubbard, Russell Conwell, Horatio Alger, Napoleon Hill e molti altri.

Nella seconda metà di questo secolo presero una svolta diversa. In peggio. Come incominciammo a diventare grassi e soddisfatti, le voci dei vecchi capisaldi del successo divennero via via poco più che deboli grida nel deserto, sommerse com'erano dal baccano assordante dei venditori di libri o di cassette di corsi che "ti assicurano" la ricchezza, o che ti vogliono insegnare ad entrare nei panni di un dirigente anche in soli trenta giorni. Ma, come succede per l'ultima dieta alla moda, queste soluzioni semplici, sbrigative e del tutto inutili cadono presto nell'oblio che si meritano.

Con il mio libro volevo andare a recuperare i vecchi princìpi sul successo ormai dimenticati, le tecniche da adottare che avevano funzionato perfettamente con le generazioni passate e anche con me. Rivedendo gli appunti di tutte le mie conferenze che Louise aveva conservato, e le fonti dei grandi scrittori, il libro incominciò a delinearsi anche se lentamente e faticosamente. Avevo stabilito un piano chiaro e accurato per poter mettere in luce le peculiarità di tutte le leggi sul successo che volevo trattare dedicando un capitolo a ciascuna. Ogni pagina, ogni frase, ogni parola veniva scritta, rivista e riscritta. Un lavoro davvero minuzioso. I concetti che nella mia mente si presentavano tanto chiari, sulla carta invece apparivano spesso confusi e inconcludenti. E allora buttavo via tutto e ricominciavo a scrivere. Non volevo accontentarmi: libri noiosi sul successo ce n'erano già abbastanza.

Scoprii subito che scrivere un libro era ben diverso che preparare un discorso. Al termine di un capitolo di cui ero finalmente soddisfatto non ricevevo applausi, pacche di approvazione sulle spalle, sorrisi o complimenti. Che mestiere solitario! La motivazione doveva venire da dentro, senza nessun incoraggiamento esterno, e da sola superare i dubbi terribili, le incertezze e le paure che emergevano in superficie. Dovevo resistere, credere che sarei riuscito perché non ammettevo alcun ripensamento. J. Milton Hadley e la Treasury Insurance non erano certo lì ad aspettarmi per riassumermi o per consolarmi se avessi fallito e il futuro delle tre persone più importanti della mia vita era nelle mie mani, ora più che mai. Procedevo di capitolo in capitolo, di settimana in settimana, di mese in mese. Il titolo giusto per il mio libro non voleva essere né provocatorio né commerciale. Lo intitolai semplicemente *Un modo migliore di vivere.*[1]

Nonostante le ore trascorse al faro a scrivere, non dimenticavo mai la prima ragione per cui avevo abbandonato la carriera: stare con la mia famiglia e sentire il profumo delle rose. Insieme coltivavamo il vecchio giardino di Joshua Croydon, trepidanti nell'attesa di un nuovo germoglio. Mi offrii anche di allenare la squadra di baseball di Todd.

Nei weekend, e spesso il pomeriggio quando i ragazzi rientravano da scuola, lasciavo la macchina da scrivere e tutti e quattro salivamo sulla Jeep,

[1] Og Mandino, *Un modo migliore di vivere*, Gribaudi 1996.

con la cartina in mano, alla ricerca di una nuova avventura tra le infinite meraviglie del New Hampshire. Che preziosi ricordi!

Nuotare nell'oceano, camminare sulla spiaggia di Hampton, noleggiare una barca a vela sul lago Sunapee, andare alle corse dei cavalli e mangiare lo zucchero filato alla fiera di Hopkinton, salire in cima al Monte Washington con il trenino a cremagliera, gettare le monetine nella fontana del villaggio di Babbo Natale, ammirare il «Grande Volto di Pietra» di Hawthorn circondato di neve, prendere il vaporetto intorno alle isole del lago Winnipesaukee e inginocchiarsi a pregare insieme davanti al gigantesco altare di pietra della Cattedrale dei Pini. Avere una famiglia felice, come scrisse un tempo qualcuno, vuol dire godersi il paradiso in anticipo.

Il mio nuovo lavoro mi insegnò subito che avere uno scopo, anche senza un programma o una scadenza, era inutile quanto non averlo affatto. Il mio obiettivo era terminare il libro nel giro di dieci mesi. Non ci riuscii. L'ultima pagina di *Un modo migliore di vivere* non fu scritta che dopo il Giorno del Ringraziamento del 1978, quasi venti mesi dopo averlo iniziato! Louise poi mi aiutò a rivedere ogni pagina per controllare gli errori prima di ribattere la versione definitiva in triplice copia.

Durante un giro a Concord avevamo comprato l'ultima edizione di *Writer's Market*, un grosso volume che cataloga annualmente gli editori americani, elencandone i nomi e il tipo di libri pubblicati. Avevamo trascorso lunghe ore a discutere sull'editore più adatto, e alla fine scegliemmo una famosa casa editrice di New York che aveva pubblicato di recente molti libri motivazionali.

Ricordo bene la mattina in cui Louise mi consegnò il manoscritto da portare all'ufficio postale. Mi diede un bacio e sussurrò: «Joshua Croydon sarebbe molto orgoglioso di come hai usato la sua vecchia macchina da scrivere».

CAPITOLO V

All'euforia e all'orgoglio di aver concluso il libro seguì una terribile sensazione di vuoto, peggiore di quella che avevo sofferto dopo essermi dimesso dalla Treasury Insurance. Scrivere *Un modo migliore di vivere* era ormai diventato una parte così importante della mia vita che, nell'attesa di un verdetto sul libro da New York, non sapevo più come impiegare il tempo.

Una mattina, mentre ero al faro ad appendere sopra il camino alcune fotografie di famiglia nel tentativo di occupare la mente in qualche modo, Louise mi riportò con i piedi per terra.

«Okay tesoro», annunciò, «metti via il martello. Dobbiamo occuparci di cose che non possono aspettare».

«Sono pronto. Cosa devo fare?»

«Bene... l'albero di Natale, tanto per incominciare».

«Oh, mio Dio! Sono stato tanto preso dal libro che...»

Mi prese per mano e mi fece sedere sul divano; quindi sfilò due biglietti dalla tasca del grembiule e me li porse.

«Che cosa sono?»

«Questi, caro, sono gli elenchi dei regali che i tuoi figli desiderano per Natale. Nel caso i lunghi mesi di lavoro ti abbiano annebbiato la memoria, ogni anno facciamo compilare loro una lista dettagliata di quello che vorrebbero ricevere e poi decidiamo che cosa comprare».

«Sono pronto quando vuoi. Dove andiamo a fare shopping?»

«Faresti meglio a dargli un'occhiata prima».

Sul primo foglio c'era scritto il nome Glenn e, più in basso, un solo regalo: il disco dei *Bee Gees*, "La Febbre del Sabato Sera". Anche sul secondo biglietto, sotto il nome di Todd, c'era un'unica richiesta: "Un nuovo guantone da baseball".

«Non capisco. Quei due sono sempre riusciti a elencare qualche decina di regali e, pur sapendo di non ricevere tutto, ci facilitavano le cose».

Louise teneva gli occhi bassi.

«Louise?»

Mi dovetti avvicinare per sentire le sue parole. «Credo che i ragazzi si rendano conto che un regalo a testa sia quello che ci possiamo permettere quest'anno».

Trattenendo le lacrime mi strinse le mani all'improvviso e continuò: «Ho diminuito la loro mancia da mesi ormai e ho cominciato a dar loro il pranzo da portarsi via invece dei soldi».

Tutto ad un tratto mi sentii molto stupido, sconsiderato e inutile. «Perché non me l'hai detto, tesoro? Sapevo che i risparmi stavano diminuendo, ma mi ero talmente dedicato al libro che non ci ho più pensato».

«Ecco perché non te lo dicevo, Mark. Non volevo preoccuparti mentre scrivevi. Avevi abbastanza pensieri e non dimenticare che, fin dal primissimo giorno, sono sempre stata io a occuparmi di queste cose. Ricordi i tempi in cui ci sedevamo al tavolo della cucina e decidevamo quali conti pagare subito e quali rimandare al prossimo stipendio? Poi, con le promozioni e gli aumenti di stipendio, non fu più necessario. Sono anni ormai che pago le bollette senza distrarti dal tuo lavoro. È un'abitudine di cui sono orgogliosa e che mi è difficile interrompere».

«Okay, tesoriere, non tenerti più tutto sulle spalle da sola. Tocca a me adesso».

«Ci sono rimasti poco più di quattromila dollari. Risparmiando basteranno a coprire il mutuo, le necessità e il cibo per tre mesi».

«Come faremo con i regali di Natale?»

Affondò il viso sulla mia spalla: «Non lo so, tesoro. Non riusciremo proprio...»

Le accarezzavo i capelli cercando intanto le parole giuste. «Louise, non cambierei gli ultimi due anni per nulla al mondo. Abbiamo fatto tutto che quello che desideravamo... ho finito anche il libro. Ora dobbiamo solo avere fiducia, la stessa che ci ha permesso di affrontare tutti i problemi che abbiamo avuto e risolto fino adesso. Ascoltami bene. Io e te ora usciamo a comprare i regali ai ragazzi come abbiamo sempre fatto. Non hai idea di cosa desiderino oltre a un banalissimo disco e a un guanto da baseball?»

«Hanno bisogno di vestiti, Mark. Ne hanno

molto bisogno. Sai bene quanto consumino camicie, pantaloni e scarpe ed è ormai parecchio tempo che non compro loro qualcosa di nuovo. Incominciano a sembrare due orfani abbandonati».

«Okay, andiamo subito a prendere qualcosa come abbiamo sempre fatto».

«No, Mark. Non come sempre! Non possiamo».

«Va bene, stabiliremo un limite. Cento dollari per ciascuno e, in quanto a noi due, promettiamoci sollennemente di non spendere più di cinquanta dollari a testa. Affare fatto?»

«Affare fatto», rispose sorridendo.

«Ad una condizione».

«Quale?»

«Che sarai sempre tu a impacchettare tutto».

Dichiarammo il faro zona proibita ai ragazzi: vi erano nascosti tutti i regali che Louise e io avevamo preso nelle due settimane successive. Eravamo andati a Keene e a Peterborough, e un giorno ci avventurammo persino a Boston alla ricerca di buone occasioni nel nostro grande magazzino preferito. La gente, i canti di Natale, le risate, i volti raggianti dei bambini, i cori per strada: furono la medicina che ci voleva per alleviare il nostro umore. Gustammo ogni momento, tranne quando Louise e io ci vedevamo costretti, generalmente seduti al tavolo di un ristorante affollato e rumoroso, a bilanciare gli acquisti tra i due ragazzi.

Il sabato prima di Natale, accontentai Todd portandolo a vedere Babbo Natale in un grande magazzino di Keene. Non dimenticherò mai lo sguardo meravigliato del mio piccolo mentre, seduto sulle ginocchia di Babbo Natale, gli ripeteva di aver fatto il bravo tutto l'anno. Ancora più indimenticabile fu il momento in cui, uscendo dal negozio, mi lasciò improvvisamente la mano per correre verso una cassa su cui era esposto l'orsacchiotto più grosso che avessi mai visto.

«Papà», urlò indicandomelo, «posso regalarlo alla mamma per Natale?»

«Un orso per la mamma?»

«Ti prego papà! La mamma mi ha raccontato che da piccola aveva un orso a cui poi si spezzò un braccio e morì. Pianse molto, mi ha detto. Adesso può avere un compagno nuovo con cui giocare. Ti prego! Ti pagherò quando siamo a casa. Ho dei soldi nel mio salvadanaio».

Avevo solo dodici dollari nel portafoglio. Presi una rapida decisione e, violando la mia promessa, feci addebitare l'enorme peluche sulla carta di credito. Riuscimmo anche a nascondere l'orso, avvolto in una gigantesca busta di plastica, nel granaio senza farci vedere da Louise.

La vigilia di Natale, dopo cena, Louise si ritirò nel faro con due borse colme di carta da regalo e di nastri per il rito annuale dei pacchetti.

I ragazzi avevano già appeso le loro calze[1] sul camino in salotto e, sebbene Glenn non credesse più a Babbo Natale da tanto tempo, non fece niente per raffreddare l'entusiasmo del fratellino. Do-

[1] È tradizione nei paesi di origine anglosassone appendere le calze sul camino la notte di Natale perché siano riempite con i doni di Babbo Natale.

po che furono andati a letto, andai in camera nostra, tirai fuori dall'armadio i regali per Louise che vi avevo nascosto e cercai in tutti i modi di fare una cosa che per la maggior parte della gente è semplicissima: i pacchetti. Li feci su in qualche modo, come sempre. Prima di scendere dalle scale diedi un'occhiata alla stanza di Glenn. Il letto era vuoto! Ricordai poi cosa facevano da quando Todd aveva solo tre anni: la vigilia di Natale dormivano insieme, nel letto di Todd.

Continuai fino alla stanza di Todd ed entrai. Vidi subito i due visi leggermente illuminati dalla luce dell'ingresso, mentre dalla radio in cucina udivo in sottofondo canti di Natale. Improvvisamente e senza rendermi conto di ciò che facevo, mi inginocchiai e incominciai a pregare in silenzio, rivolgendo il mio pensiero a un altro bambino che dormiva quella stessa notte, appena nato, in una notte di quasi duemila anni fa. Non era al caldo come i miei due figli, il suo letto non era così comodo e i suoi poveri genitori erano impauriti e soli in un villaggio sconosciuto.

Guardando i miei ragazzi mi venne in mente che probabilmente quella stessa notte non mi sarei trovato in ginocchio, immerso in pensieri così colmi d'amore e gratitudine se non fosse stato a causa di quest'altro bambino... e non potevo fare a meno di chiedermi a che cosa aveva pensato suo padre mentre lo guardava dormire. Alla fine, mi chinai sul letto e baciai dolcemente Todd e Glenn. Quindi scesi le scale, sistemai i due pacchetti più piccoli per Louise sotto l'albero e con l'altro uscii in giardino. Scendeva una neve leggera mentre mi incamminavo verso il faro.

Louise era esattamente dove mi aspettavo di trovarla, al centro della stanza circondata da carte di tutti i colori e di tutte le dimensioni, intenta a tagliare nastri e a confezionare fiocchi con grande professionalità.

«Si può?»

«Entra pure, Babbo Natale, i tuoi regali sono già stati incartati. Visto che sei in piedi, ti spiace aggiungere un altro pezzo di legno nel camino?»

Obbedii e poi le scivolai accanto. «I ragazzi stanno dormendo».

«Bene. Ho quasi finito», disse orgogliosa.

«Questa è nuova. Di solito ne hai fino alle tre o le quattro del mattino».

«Con un limite di duecento dollari, quest'anno i pacchetti che richiedono il mio talento artistico sono diminuiti drasticamente», disse con un sorriso tirato.

«Buon Natale», dissi porgendole il regalo che mi ero portato dietro. Mi si sedette sulle ginocchia prima di scartare con cura il pacchetto verde.

«Un libro?» Fece scorrere le pagine: erano completamente bianche. «Un libro bianco?»

«Non esattamente. Vai alla prima pagina».

Aprì la copertina di pelle e lesse le parole in silenzio, poi le pronunciò a voce alta. «Alla mia adorata moglie. Il prossimo libro che ti dedicherò conterrà tutto il meglio del mio lavoro e del mio amore. Mark».

Mi abbracciò e disse: «Grazie caro. Ti amo tantissimo e sono orgogliosa di essere tua moglie. Non preoccuparti di deluderci. Questo non succederà mai. Mentre ero seduta qui, circondata da tutti i tuoi libri, mi è venuto in mente un bellissimo nome da dare a questo faro».

«Un nome?»

«Certo. Perché no? Se questo edificio fosse stato di Irving Wallace o di William Buckley, puoi scommetterci che avrebbero fatto mettere una grande placca d'ottone fuori dalla porta».

«Capisco. Prima ancora che mi abbiano pubblicato una sola parola, già mi associ a Wallace e a Buckley?»

Mi spinse indietro e si alzò. «Vuoi sapere il nome o no?»

«Spara!»

Louise andò verso gli scaffali dei miei libri e fece scorrere le dita sulle copertine. Quindi alzò le mani sopra la testa indicando le fila dei libri sopra e gridò: «Da ora in poi, signor Christopher, questo faro sarà noto come la Torre del Successo! E tra queste mura, già colme di cultura e di saggezza, continuerai a scrivere cose così potenti da diventare la fonte di luce e ispirazione per il mondo intero. Vedrai!»

Prese una bottiglia di spumante dal piccolo frigorifero e facemmo un brindisi. Il faro venne ufficialmente battezzato. «Spero soltanto», dissi facendo toccare i bicchieri, «di avere il decimo del successo del mio predecessore. A volte, quando la scala a chiocciola scricchiola per il vento, mi pare di sentire Joshua Croydon scendere da quei gradini per riavere indietro il suo faro».

«Questo mi ricorda...», disse. «Non ti muovere!»

Louise si precipitò alla vecchia scrivania e ritornò con un pacchetto dorato. «Buon Natale, scrittore!»

Soppesai il regalo per diversi minuti prima di scartarlo. Un altro libro. Le pagine questa volta non erano bianche: era una copia vecchia e consumata delle *Citazioni* di Bartlett. Lo sguardo di Louise era fisso su di me mentre aprivo il volume alla prima pagina e, con mio grande stupore, lessi l'iscrizione in inchiostro verde, *Joshua Croydon, 1947*.

«Dove l'hai preso?»

«L'ho trovato in quella scrivania il giorno dopo il nostro arrivo in questa casa. La signora Croydon ti ha lasciato la scrivania e la macchina da scrivere e sono certa che sapesse che questo libro era in uno dei cassetti e che voleva fossi tu ad averlo. L'ho conservato per quasi due anni, aspettando che tu terminassi il libro, per donartelo a Natale».

«Un tesoro», dissi sfiorando la copertina sbiadita.

«Non è tutto. Vedi il segnalibro? Era alla stessa pagina in cui si trova ora. Aprilo».

Era la pagina 926. Evidenziata con un cerchio dello stesso inchiostro verde della prima pagina, una poesia di quattro righe di James Elroy Flecker, un poeta inglese dei primi di questo secolo.

Louise mi tolse il libro dalle mani e, quasi sussurrando, disse: «Vuoi che ti legga le parole segnate dal signor Croydon?»

Annuii.

«Va bene, chiudi gli occhi».

Li chiusi e aspettai.

«Sei pronto?» Aprii gli occhi e vidi Louise affacciarsi dall'alto dello scorrimano della scala!

«Cosa fai lassù?», gridai.

«Chiudi gli occhi e ascolta, allora saprai perché!»

Chiusi gli occhi e ascoltai...

Non potendo mai vedere il tuo volto,
e non potendo mai darti la mano,
invio la mia anima nel tempo e nello spazio
per salutarti. Capirai.

CAPITOLO VI

Louise e i ragazzi stanno dormendo. È ormai tutto il giorno che me ne sto chiuso nel faro con lo sguardo fisso sui tasti della macchina da scrivere. Quanto accadde dopo fu così frustrante e angosciante che, per quanto lo voglia, ancora mi riesce doloroso ricordare, e ancor più scrivere. Ma il tempo passa.

Pur avendo noi la buca delle lettere ai piedi della collina, il signor Slattery, quella mattina di febbraio, risalì appositamente il vialetto innevato con il suo furgone della posta per consegnarmi una grossa busta che – mi disse con grande dispiacere – era tassata di quattro dollari e sessantaquattro centesimi.

Dopo averlo pagato, portai il pacchetto in cucina e lo aprii davanti a Louise. La lettera dell'editore era breve. Grati di aver avuto l'opportunità di considerare il mio libro, erano però spiacenti che non rispondesse alle loro attuali necessità editoriali.

Il passare del tempo di solito lenisce i momenti più tristi, ma è ancora vivo in me il ricordo della stretta allo stomaco che provai quando all'improvviso mi trovai di fronte al terribile fatto che *Un modo migliore di vivere* era stato rifiutato.

Louise si avvicinò senza leggere la lettera. Era più preoccupata per lo stato del manoscritto che aveva preparato con tanta cura.

«Mark, guarda le pagine. Sono quasi tutte piegate».

«Temo che sia colpa nostra, tesoro. Abbiamo dimenticato di allegare una busta rigida in cui farci rispedire il lavoro. Forse dovremmo essere loro grati per essersi disturbati a rimandarcelo».

«Non importa. Lo ribatterò. Abbiamo due copie carbone, ma mi sembra di aver letto che gli editori preferiscano leggere l'originale. Non essere così triste. Forse è Dio che vuole metterci alla prova. Un rifiuto non significa niente. Lo sapevi che *Il Gabbiano Jonathan Livingston* è stato rifiutato venti volte prima di essere pubblicato?»

Cinque giorni più tardi portai un'altra copia ribattuta del libro all'ufficio postale e lo spedii all'editore che seguiva nella lista che avevamo compilato. Questa volta avevamo accluso una busta per riaverlo indietro. Dopo cena, quella stessa sera, annunciai di aver trovato un lavoro e che avrei iniziato la mattina seguente.

«Dove, papà?», chiesero Todd e Glenn insieme.

«Alla segheria».

«E cosa farai?»

«Farò scorrere i tronchi di pino nelle seghe».

«Non parlerai sul serio, Mark!», esclamò Louise impallidita.

«Certo. Ho fatto domanda prima di Natale e quando mi sono fermato oggi, dopo aver spedito il libro, mi hanno assunto. È esattamente lo stesso lavoro che feci dopo il liceo per quasi un anno in una segheria fuori Bangor. Andrà tutto bene».

«Ma era più di vent'anni fa! Non sei più in forma per quel tipo di lavoro. E non è pericoloso?»

«Le prime due settimane saranno dure, ma ce la posso fare. E poi no, non è pericoloso... stando attenti. Sono anni che non avvengono incidenti alla segheria».

«Mark...»

«Louise, almeno potremo avere i soldi per la spesa e inoltre mi farà bene. Sarò all'aria aperta tutto il giorno e quando venderò il libro potrò smettere. Va bene così?»

Ero pronto a smettere dopo poche ore. Lottare con quei tronchi giganteschi era una vera tortura. I miei muscoli non facevano male, bruciavano, mentre i piedi gelavano. Fa freddo a Jaffrey a marzo, soprattutto alle sette del mattino quando si iniziava a lavorare. Naturalmente, iniziare presto significava anche rientrare a casa per le tre e mezza del pomeriggio. Avevo perciò ancora tempo da dedicare ai ragazzi, anche se in effetti quando tornavano da scuola il più delle volte mi trovavano addormentato sul divano fino a quando non venivo svegliato da Louise per la cena.

Un modo migliore di vivere ci fu nuovamente rispedito indietro alla fine di aprile. Altrettanto demoralizzante fu una lettera della banca che ci informava che eravamo in ritardo di un mese per il pagamento del mutuo. Dopo una lunga e animata discussione, che fece addirittura piangere i ragazzi, mettemmo un annuncio sul giornale per vendere la

Jeep, il tappeto magico che ci aveva accompagnato in tanti momenti felici. Con una parte di quei soldi comprammo un vecchio furgoncino Chevrolet.

Quando il libro fu rifiutato per la terza volta, Louise fece la mossa coraggiosa per salvare la nave che affondava. Andò a Keene e trovò un lavoro, come cameriera, dalle cinque del pomeriggio a mezzanotte, per sei sere la settimana. Insieme ora guadagnavamo in un mese meno del mio stipendio settimanale alla Treasury Insurance. Non era esattamente quanto mi sarei aspettato quando avevo detto addio al signor Hadley nella sua biblioteca tre anni prima. Tre anni!

Il quarto editore dell'elenco restituì il manoscritto a settembre, con una lettera simile alle precedenti. Sembrava che nessuno di quei quattro pensasse che il libro meritasse almeno una critica personale costruttiva, decisi allora di procurarmene alcune. Inviai una copia di *Un modo migliore di vivere* al mio vecchio amico, Adrian Crawshaw, il commerciante di libri d'antiquariato di Boston, dal quale avevo acquistato tutte le mie preziosissime prime edizioni. La lettera che vi acclusi era breve. Lo pregavo di trovare del tempo per leggere quanto avevo scritto e di darmi la sua opinione, senza mezzi termini. Mi rispose quasi subito, dicendo che secondo lui il libro era molto buono, di piacevole lettura e senz'altro di qualità; doti ormai rare tra la spazzatura di libri (parole sue) che hanno la pretesa di essere automotivazionali. Mi ricordò anche, con molto tatto, che era certo di poter trovare acquirenti per alcune delle prime edizioni che mi aveva venduto negli anni passati.

Ai primi di gennaio, quando il deposito fu pieno di legna, la segheria venne chiusa per circa tre mesi. Mentre guidavo verso casa, con l'ultimo assegno nel portafoglio e un nodo in gola, mi fermai alla stazione di servizio di Mac per fare benzina. Dopo una lunga attesa alla pompa, saltai giù dal camioncino e incominciai a fare da me, quando Mac arrivò tutto trafelato.

«Mi dispiace averla fatta aspettare, signor Christopher».

«Dove sono finiti i suoi ragazzi?»

«Sta scherzando? Chi vuole lavorare in una stazione di servizio al giorno d'oggi?»

«Io».

Mac era un vero mago con le chiavi inglesi e i cacciaviti, così ci spartimmo i compiti nel modo più adeguato. Lui si occupava delle riparazioni e delle messe a punto, mentre io stavo alla pompa della benzina, cambiavo le gomme e provvedevo a qualsiasi altro servizio che ero in grado di prestare. Ero impegnato al mio nuovo "incarico" da meno di una settimana, quando una mattina corsi fuori per servire una Cadillac Eldorado verde; appena vidi chi la guidava provai il grandissimo desiderio che la terra mi si aprisse sotto i piedi per inghiottirmi. Bob Boynton, il manager della sede a Keene della Treasury Insurance, che aveva scoperto per noi la proprietà dei Croydon, mi fissava a bocca aperta da dietro il volante.

«Mark, sei proprio tu?»

«Ciao Bob, come va?»

«Cosa fai qui? Come mai non sei sulla tua collina a battere a macchina?»

Che cosa potevo rispondere? Ricordo di aver mormorato qualcosa a proposito del primo libro, che l'avevo terminato e che stavamo aspettando una risposta dall'editore.

«Ottimo! Ma questo cosa significa?», chiese indicando la mia tuta.

«Oh, sto solo aiutando un mio amico. Mac è rimasto senza personale e allora...»

«Ho saputo che lavoravi alla segheria, Mark».

Annuii: non è possibile mantenere un segreto nella vita di campagna del New Hampshire. «Solo fino a quando vendo il libro, Bob. Sai come sono i ragazzi. Vogliono mangiare almeno tre volte al giorno».

Accennò un sorriso tirato. «Ci manchi, Mark. A tutti noi, incluso il signor Hadley».

«Come sta il nostro vecchio amico?»

«Benissimo. Ti saluta tanto. Eravamo tutti a Boston la settimana scorsa ad un convegno. Non era la stessa cosa senza di te».

Bob incominciò a tamburellare sul volante. Mi chinai avvicinandomi al finestrino. «Avanti, vecchio amico, ci conosciamo da troppo tempo per questi giochetti. Che cosa hai in mente?»

«Beh...» esitò. «Dannazione, Mark, Hadley ha saputo che le cose non ti andavano tanto bene e mi ha chiesto di dirti, se vuoi, di chiamarlo uno di questi giorni. Ci è andata male già due volte nel New England».

«Potrai farcela tu, Bob».

«Non se ne parla neanche. Sono troppo vecchio per salterellare tra sei stati e poi, dopo il tuo ottimo lavoro, chiunque farebbe la figura dello sciocco. Resterò a Keene. Dopo venticinque anni di lavoro temo di essere diventato un po' pigro. Non sono più motivato, sai cosa voglio dire, Mark».

Gli diedi una pacca sulla spalla e lui se ne andò. Non fece neanche benzina.

Quella sera Louise mi trovò al faro intento a infilare negli scatoloni le mie prime edizioni.

«Cosa stai facendo, Mark?»

«Ho intenzione di portare alcuni di questi polverosi pezzi da collezione a Boston domani e vedere se il signor Crawshaw saprà convertirceli in dollari».

«Ma tesoro, non puoi farlo! Quei libri significano tanto per te».

Riposi delicatamente una edizione di Alger nel cartone prima di prendere le sue mani tra le mie. «Il mutuo non è scaduto di nuovo?»

Sospirò annuendo.

«Bob Boynton si è fermato alla stazione questa mattina. Il signor Hadley è a conoscenza delle nostre… condizioni. Vuole che gli telefoni. Tu cosa ne dici? Gli telefono?»

Ci fu un bagliore nei suoi occhi scuri e subito rispose: «Vendi i libri, Mark! Possiamo sostituirli. Non sventoleremo bandiera bianca, non ora, né mai! Ce la faremo. Ricorda *Il Gabbiano Jonathan Livingston*».

Il signor Crawshaw acquistò nove delle mie rare prime edizioni con un assegno di settecento dollari. Per quanto disperatamente avessimo avuto bisogno di denaro, mi sentii quasi sollevato che non li avesse comperati tutti. Eppure il ritorno a Jaffrey fu lungo. Rinunciare a quei preziosi volumi fu come vendere una parte della mia famiglia.

A marzo cambiammo tattica. Non essendo riusciti a ottenere niente dai principali editori, Louise suggerì di contattare un editore più piccolo e segnò tre nomi dal catalogo generale. Il mio occhio cadde su uno di questi. «Questo io l'ho già sentito. Charles Bergen Editore. Hanno pubblicato ottimi libri di psicologia, sul successo e sull'arte di vendere. Libri di qualità e nomi di un certo rilievo. Vedo però che Bergen fa tutto da solo. Probabilmente si tratta di una casa editrice molto piccola, ma qualcosa mi dice che è il tipo giusto».

E così, insieme alla solita lettera che presentava la mia carriera e le mie credenziali, il manoscritto di *Un modo migliore di vivere* fu spedito all'Editore Charles Bergen.

Il nostro futuro stava per cambiare ma, per nostra fortuna, ancora non lo sapevamo.

CAPITOLO VII

Era un caldo pomeriggio di maggio; stavo facendo andare una vecchia zappatrice a motore in giardino per preparare il suolo alla semina primaverile, quando le grida di Louise interruppero il rumoroso e monotono scoppiettio del piccolo motore. Agitava le braccia freneticamente dal portico, un atteggiamento molto insolito; mi precipitai allora verso casa senza neanche spegnere il motore.

«Il telefono», fu tutto ciò che disse come se avesse appena vinto il primo premio alla lotteria.

Come feci per entrare, aprendo la porta, mi diede uno strattone alla giacca e quando mi girai, mi diede un bacio. «È Charles Bergen, Mark!»

La voce all'altro capo del telefono era roca e non molto giovanile: mi immaginai subito un vecchio signore seduto ad uno scrittoio di legno con in fronte una visiera di plastica verde e bellissimi elastici sulle maniche della camicia.

«Signor Christopher, lei ha scritto un libro davvero meraviglioso e sarei molto felice di pubblicarlo».

«Sono ottime notizie! Sarei felice io se lei lo pubblicasse!»

«Ho letto nella sua lettera che ha fatto il dirigente assicurativo per parecchi anni. Mi dica, scriveva già molto allora?»

«Non precisamente. Ho tenuto spesso relazioni e corsi, generalmente di tipo motivazionale, per i miei venditori. Scrivevo appunti, tutto qui».

«È straordinario. Lei ha un grande talento. Espone le cose con chiarezza ed eloquenza; c'è anche una sfumatura di spiritualità nel suo stile, a volte poetico, che mi ricorda Marcus Bach o Loren Eiseley».

«Li conosco entrambi, signor Bergen, e non posso pensare ad un complimento migliore».

«Signor Christopher, la nostra è una piccola casa editrice, ma siamo orgogliosi dei libri e degli autori che abbiamo pubblicato in tutti questi anni. Uno dei nostri autori più grandi, tra l'altro, viveva proprio dalle sue parti. Lo conosceva?»

«Come si chiamava?»

«Joshua Croydon, il naturalista».

«Signor Bergen, attualmente vivo nella sua casa e scrivo nel suo studio; tuttavia non ho mai avuto l'onore di conoscerlo. È morto, come lei forse saprà, tre anni fa. Abbiamo acquistato questa casa dalla sua vedova».

«Ricordo ancora quando mio padre descriveva l'originalissimo faro che il signor Croydon usava come studio. Andò a visitare i Croydon una volta e nel mio ufficio è ancora appesa la fotografia di lui con il signor Croydon davanti al faro. Mio padre fondò questa casa editrice oltre quarant'anni fa e l'ha diretta fino alla sua morte, nel 1975. Si chiamava Charles, come me, infatti siamo rimasti la casa editrice Charles Bergen».

«Capisco».

«Signor Christopher, siamo disposti a pagarle un anticipo di tremila dollari per il suo libro. Se poi andrà bene, cosa che prevedo molto facile, in futuro verrà ben remunerato sui diritti che le saranno corrisposti due volte all'anno. Le mando due copie del contratto. Le faccia vedere al suo avvocato e, se le condizioni sono accettabili, ci metteremo subito all'opera. Sebbene siamo già in maggio, credo che affrettandoci potremo inserire il suo libro nelle novità autunnali ed averlo in libreria in tempo per Natale».

Avevo parecchie domande da fargli, ma stava succedendo tutto troppo in fretta per pensare a qualcos'altro se non al fatto che avevo finalmente venduto il mio libro. «Ottimo», risposi.

«Voglio assicurarle, signor Christopher, che faremo del nostro meglio per attirare l'attenzione del pubblico sul suo libro. La gente ha bisogno di queste letture. Ne ha un bisogno disperato. Negli ultimi dieci, quindici anni i buoni libri automotivazionali sono diventati una rarità. Mio padre continuava a chiedersi dove fossero i nuovi Napoleon Hill e Dale Carnegie. Il suo libro gli sarebbe piaciuto molto: è scritto alla vecchia maniera dei classici sul successo, è ricco di buoni consigli pratici che chiunque può seguire per cambiare al meglio la propria vita e, cosa più importante, si legge con facilità. Credo proprio che il suo diventerà un bestseller, signor Christopher!»

«Signor Bergen, spero che abbia ragione. Ho lavorato molto su quel libro».

Ci fu una lunga pausa. «Lavora attualmente?»

«Part-time, in una stazione di servizio. Ho dato le dimissioni dalla mia società quasi quattro anni fa e mi sono trasferito qui con mia moglie e i miei due figli per scrivere».

Sentii un riso soffocato. «Vedo che mette in pratica i suoi stessi consigli, signor Christopher».

«Cioè?»

«In uno dei suoi capitoli lei parla del vantaggio, e in certe occasioni anche della necessità, di tagliarsi completamente i ponti alle spalle. Ricordo che poi spiega che rimane una sola direzione in cui andare: avanti. Vorrei sapere un'altra cosa prima di lasciarla, signor Christopher. Mi chiedevo, a quanti editori ha sottoposto il suo libro prima di spedirlo a me?»

Esitai. Avevo il coraggio di dirgli che quattro dei più grandi avevano fatto pollice verso sul mio lavoro? Come l'avrebbe presa?

«Quattro», e li nominai.

Mi sembrò di sentire un riso soffocato. «Bene», disse, «non sono certo alla loro altezza. Che cosa l'ha portata a scegliere me?»

«Mia moglie aveva ristretto il campo a tre piccoli editori e il suo era l'unico nome che conoscevo, soprattutto per la sua reputazione di pubblicare libri di qualità. Tutto qui».

«Straordinario. E pensare che ha scritto questo bellissimo libro nel vecchio studio di Joshua Croydon. Deve essere stato Shakespeare a scrivere: "Il cielo nasconde il libro del destino a tutte le creature". Faremo del nostro meglio per diffondere il suo libro, glielo prometto. Le auguro una buona giornata».

A luglio terminai di correggere le bozze con il preziosissimo aiuto di Louise. Eravamo in cucina, con il tavolo coperto di fogli, quando finalmente arrivammo all'ultima pagina. Louise mise il cappuccio sulla sua penna rossa e sospirò. «Hai notato, Mark, quanto sembrano più importanti le parole quando sono stampate? Sono ancora parte di te, ma ora possiedono un certo alone di autorità. Incomincio a capire per la prima volta quanto possa essere potente l'influenza di un libro, buono o cattivo. La mente ritiene, quasi automaticamente, che qualsiasi cosa si legga in un libro sia vera; lo so perché l'ho provato spesso anche quando leggevo un romanzo. Fa un po' paura, vero? Bene, abbiamo finito. E adesso?»

«Raccogliamo queste bozze e rispediamole a Bergen. Non ci resta che aspettare il grande debutto nel mondo editoriale, che stando a Charles dovrebbe essere per i primi di ottobre».

Qualche settimana più tardi Charles Bergen mi chiamò. «Signor Christopher, nella fretta di comporre il suo libro abbiamo dimenticato una cosa. È una vecchia abitudine che però piace alla maggior parte degli autori. C'è qualcuno in particolare a cui vuole dedicare il libro? Questa pagina seguirà il frontespizio. Se ha qualcuno in mente, potrebbe dirmelo al telefono, adesso?»

«La richiamo entro venti minuti, signor Bergen. Okay?»

«Molto bene».

Lo richiamai meno di dieci minuti dopo e gli lessi le parole che avevo appena trascritto dietro a una busta...

«Alla splendida rossa che mi è mancata per molti, molti anni: mia madre Margaret».

CAPITOLO VIII

A ottobre il debutto di *Un modo migliore di vivere*, nell'infinito mondo di oltre ventimila nuove pubblicazioni autunnali, attirò la stessa attenzione di un tifoso di baseball che cerca di farsi strada tra la folla seduta allo stadio una domenica pomeriggio.

Nessuno lo notò. L'ottimo ufficio stampa a cui Charles Bergen si era affidato non era riuscito a ottenere nemmeno una recensione, positiva o negativa che fosse, in nessun giornale nelle poche settimane che seguirono la pubblicazione, nonostante avesse garantito che erano state spedite più di quattrocento copie ai critici letterari.

Ora conoscevo quella terribile sensazione di inutilità che avevo sentito descrivere da tanti scrittori nei programmi televisivi. Un libro nuovo è come un figlio. Prima o poi deve lanciarsi nel mondo esterno per riuscire o per fallire da solo, in genere lasciandosi alle spalle una o due persone in ansia, che si chiedono se abbiano fatto tutto il possibile per preparare la loro creatura al crudele gioco della vita.

Avere tra le mani per la prima volta una copia del mio libro, con la sua bella copertina rossa che faceva risaltare i caratteri dorati del titolo, fu una grande emozione. E ancora più grande fu la nostra euforia quando scoprimmo delle copie in vendita nella libreria di Concord, nello stesso espositore delle ultime opere di Tom Wolfe, Henry Kissinger e Edmund Morris. Fui quasi costretto a impedire fisicamente a Louise di svelare subito, a tutti i commessi e clienti, che l'uomo che era con lei, *suo marito*, era l'autore del libro con quella bellissima copertina rossa e oro. E nonostante le venticinque copie che avevamo a casa, appena ricevute da Charles Bergen, Louise insistette per comperarne una come portafortuna.

Eppure una fastidiosa sensazione di fallimento si rifiutava di allontanarsi dalla mia mente. E se il libro fosse stato un bidone? E la sua distribuzione com'era organizzata? Il libro era in vendita in tutto il paese? Charles Bergen non aveva dei rappresentanti, come invece gli editori più grandi, che stimolassero regolarmente la vendita dei loro prodotti nelle librerie. Aveva solo un gruppo di agenti che spartiva con altri cinque piccoli editori. Come si sarebbero comportati con il mio libro? E inoltre, che influenza avevano sulle librerie rispetto ad un rappresentante della Doubleday o della Harper & Row?

Poi, due giorni prima del Giorno del Ringraziamento, avvenne il miracolo. Charles Bergen mi chiamò.

«Signor Christopher, ho delle notizie che faranno sembrare il nostro tacchino due volte più buono!»

«Dica pure».

«Se non è già seduto, le consiglio di farlo».

Mi sedetti.

«Signor Christopher, la prima tiratura del suo libro, come le avevo già detto, era di diecimila copie. Normalmente, alla prima edizione di un autore sconosciuto, non stampo più di cinquemila copie, ma in questo caso, credendo molto in lei, ho voluto raddoppiare. Bene, amico mio, la prima tiratura si è completamente esaurita e ora abbiamo appena dato il via alla stampa di altre ventimila copie! Le catene principali, la Dalton e la Waldenbooks, hanno ordinato tremila copie a testa! Sono i due ordini più grandi che abbiamo mai avuto. Mi hanno informato che nelle librerie hanno venduto tutte le copie del suo libro. Credo proprio di avere una bomba tra le mani».

«Caspita! Come lo spiega? Dopo tutto, non è stata fatta nessuna pubblicità o promozione. Non è uscita neanche una recensione. Che cosa ha scatenato queste vendite, signor Bergen?»

«Non ho nessuna spiegazione, Mark. A proposito, posso darti del tu? E ti prego, chiamami Charles... Credo che siamo di fronte a quel misterioso processo che ancora confonde e fa impazzire i maggiori esperti di pubblicità: il caro, vecchio *passa-parola*. Ogni tanto compare un libro o un film che, pur senza tanti lanci pubblicitari, il pubblico scopre ugualmente e se ne innamora. Accade ogni cinque o dieci anni nel mondo editoriale e i risultati possono essere sbalorditivi. Se il suo libro riuscirà a stare a galla, arriverà alle stelle».

«Gli ordini provengono da tutte le parti del paese o solo...»

«Dappertutto!» interruppe. «E molte librerie non si preoccupano neanche di contattare i nostri rappresentanti. Chiamano me direttamente! Non è mai successo prima. Stamattina al telefono ho venduto quasi duemila copie. Librerie a Tacoma, Butte, Kansas City, Memphis. La libreria *Ward's Corner* di Norfolk mi ha appena ordinato cinquecento copie! Incredibile. Non ho mai visto niente del genere, e forse nemmeno mio padre. Se continuano ad arrivare ordini dovrò avviare una terza edizione. Ho già assunto altri due magazzinieri per stare al passo con le spedizioni».

Mi richiamò due settimane dopo.

«Mark, abbiamo appena avviato un'altra ristampa. Questa volta sono altre quarantamila copie, di cui quasi diciottomila destinate a coprire le ordinazioni! Ogni giorno riceviamo telefonate da librerie con cui non abbiamo mai trattato e ho assunto altre tre persone. Non posso proprio crederci!»

«Charles, hai già un quadro complessivo? Chi compra tutti quei libri?»

«Ho già fatto controllare ai miei rappresentanti: secondo i dati forniti dalle librerie, chi lo compra appartiene a qualsiasi livello sociale. Sembra che la gente ne compri una copia per sé, legga il libro e poi ritorni a comprarne altre tre da regalare. Per i figli, il capo o una persona cara. I dirigenti ne comprano a dozzine da regalare ai loro dipendenti. E le signore, stando ai dati, contribuiscono a oltre metà delle vendite. Hai saputo raggiungere tutti, Mark. È un miracolo... davvero!»

Tre settimane dopo mi chiamò per dirmi che la

quarta ristampa ammontava, stupefacentemente, a centomila copie. Stupefacentemente perché il novantacinque per cento dei libri pubblicati non raggiunge nemmeno le diecimila copie vendute. Charles fece un'ulteriore ristampa, dieci giorni dopo, e ora il totale delle copie stampate aveva raggiunto l'incredibile cifra di duecentosettantamila! Secondo i miei calcoli approssimativi, se fossero state vendute tutte quelle copie, mi avrebbero procurato oltre trecentomila dollari di diritti d'autore.

Il *Newsweek* finalmente recensì il libro, definendolo una pietra miliare nel campo motivazionale, paragonabile a *Come trattare la gente e farsela amica* e *Il potere del pensiero positivo*. Alla fine di maggio, erano state stampate un milione di copie rilegate di *Un modo migliore di vivere*; era in cima a tutte le classifiche dei beststeller nazionali e io stavo per diventare ricco! Un vero miracolo!

Le telefonate di Charles si fecero presto un rito quotidiano. Ogni mattina, alle dieci in punto, me lo trovavo all'altro capo del telefono come un agente di cambio che, tutto soddisfatto, riferisce al cliente che le sue azioni hanno guadagnato altri dieci punti. Mi informarono anche che la tipografia che si occupava della stampa del libro, a Jersey City, dovette iniziare i secondi turni per rispettare gli ordini di stampa e cominciava ad avere problemi con il rifornimento di carta.

Poi, un mattino, Charles chiamò per insistere su quelli che lui riteneva due grossi problemi.

«Mark, non puoi più startene rinchiuso in quel

faro. La stampa mi sta facendo impazzire. Questa settimana hanno chiamato ogni giorno quelli del *Today Show*; adesso ho appena parlato con un assistente della produzione di *Good Morning, America*».

«E cosa gli hai risposto?»

«Esattamente come mi avevi detto. Che non rilasci interviste. Che il tuo libro parla per te e che dovrebbe bastare. Sei sicuro di non voler cambiare idea? Il prezzo di quel tipo di pubblicità, a livello nazionale, è inestimabile».

«Mio Dio, Charles, non sarai soddisfatto finché non vedrai lavorare la tipografia ventiquattr'ore al giorno».

«Perché no? Succede una sola volta nella vita».

«Non voglio rilasciare interviste, Charles. Ho visto troppi scrittori fare la figura degli stupidi in televisione. Mandami a uno di quei grandi spettacoli televisivi e io sarò capace di tapparmi la bocca bloccando subito le vendite del libro. Non voglio dover rispondere a tutte quelle domande stupide: cosa mangio a colazione, quali sono i miei hobby o se dormo senza pigiama. Immagino che per la maggior parte degli scrittori sia un'ottima occasione per fare pubblicità a se stessi, ma il più delle volte sono già talmente vanitosi da non rendersi conto di quanto sembrino sciocchi».

«Parli sul serio, Mark? D'accordo; e riguardo ai giornalisti? Ascolta, ho qui un elenco di interviste che ti vengono richieste a cui non potrai credere. Un qualsiasi altro scrittore sarebbe disposto a tutto pur di avere la possibilità di parlare con questa gente... il *Wall Street Journal*, il *New York Times*,

Psychology Today, il *Washington Post*, il *San Francisco Chronicle*, persino il *National Enquirer*...»

«Come, e la rivista *People*?»

«Vuoi *People*, ti procuro *People*! Dammi solo trenta minuti...»

«Charles, stavo scherzando. Non voglio nessuno. Sono troppo impegnato col giardino e con la squadra di baseball di mio figlio e ci sono ancora tanti posti al mondo che non abbiamo visto».

«E la tua posta?»

«Quale posta?»

«La posta dei tuoi ammiratori, Mark! Arriva da ogni parte, persino dal Canada. Che ne facciamo?»

«Mandami le lettere: risponderò. Che cosa ne dici?»

«A tutte?»

«Certamente».

«Farai questo, ma nessuna intervista?»

«C'è una grande differenza, Charles. Se qualcuno, là fuori, è stato tanto influenzato dal libro da trovare il tempo per scrivere, merita una risposta».

«Ma se rispondi alla posta, tutti poi sapranno dove sei».

«Non necessariamente. Scriverò su carta non intestata e imbucherò le lettere a Concord, senza l'indirizzo del mittente».

Riattaccò deluso.

Un mattino ero fuori quando chiamò. Louise era seduta al tavolo della cucina quando rientrai e capii dal suo sguardo che stava per scaricarmi addosso qualcosa di molto pesante. Appoggiai i due sacchi della spesa e mi sedetti vicino a lei.

«Okay, sputa il rospo».

«Il *Time* vuole dedicarti un intero servizio con la copertina!»

Feci per alzarmi, ma lei mi spinse gentilmente di nuovo sulla sedia. «Aspetta, Mark. Dovresti davvero prenderlo in considerazione. Il povero Charles era quasi in lacrime. Mi ha pregato di tentare di convincerti. Vogliono mandare due giornalisti e un fotografo, il più presto possibile. Perché non accetti?»

Mi versai una tazza di caffé prima di rispondere. «Lo sai perché, Louise. Ne abbiamo già parlato un paio di settiame fa e niente è cambiato. Se incominciamo a giocare a questo gioco, la nostra vita diventerà un inferno».

Allungò la mano per accarezzare la mia. «Ora calmati e ascoltami. Pensa all'inferno che abbiamo passato quest'anno. Né tu né io, nei nostri sogni più sfrenati, avremmo mai immaginato che ci sarebbe accaduto tutto questo. Conoscendoti, se lo avessi saputo, probabilmente non avresti mai scritto il libro. Ma... è successo e ancora non sono sicura, se tu ti renda conto di cosa hai fatto. Charles mi ha detto che se le vendite continuano così, diverrai lo scrittore motivazionale che ha venduto di più in assoluto, persino più di Peale, Carnegie o di chiunque altro. E tutta quella brava gente che tanto impara dal tuo libro merita di conoscere l'uomo che l'ha scritto. Dimentica il denaro e la fama e tutti gli altri cosiddetti vantaggi che otterresti dalle tue apparizioni in televisione, sui giornali e pensa, invece, alle migliaia di persone che ti vengono incontro. Non puoi voltar loro le spalle solo perché questo non rientra nel tuo stile di vita. Non puoi! Se credi davvero in quel libro – e so che ci credi – devi uscire dalla tua torre e permettere al mondo di vederti, conoscerti… e amarti. Devi…»

Il campanello della porta mi salvò, o così pensai. Il signor Slattery, il postino, stava sotto il portico, con il cappello in mano. Nel vialetto era posteggiato un camioncino della posta invece della sua solita jeep.

«Signor Christopher, ho della posta per lei: non ci stava tutta nella cassetta delle lettere».

«D'accordo, me la dia pure, Tom».

«Dove la vuole? Ho diciotto sacchi nel furgone. Abbiamo calcolato che saranno almeno seimila lettere. Non ho mai visto nulla del genere. Dovrebbe tenerla occupata per un po'», disse ridendo.

Quando il signor Slattery ebbe finito di aiutarmi a portare la posta nel faro, Louise ed io, ancora sconvolti, ci fermammo ad osservare in silenzio quei grandi sacchi di tela. Alla fine, allungò la mano, allentò il nodo di uno dei sacchi, infilò la mano e tirò fuori una busta rosa. La aprì con cura, spiegò il foglio di carta per leggerla.

Poi guardò nella mia direzione, assicurandosi che stessi attento, si schiarì la gola e lesse: «Caro signor Christopher… Lei mi ha appena salvato la vita. Di recente ho dovuto affrontare un dolorosissimo divorzio e ho perso la custodia dei miei due figli. Ero convinta che non ci fosse più niente per cui valesse la pena di vivere. A causa della mia stessa stupidità, ho perso tutte le persone che erano importanti per me e che mi amavano ed ero sul punto di togliermi la vita quando mia sorella, Anne, che mi è sempre stata tanto vicina, mi ha regalato una copia del suo libro. È rimasto sul mio comodino almeno una settimana, chiuso. E poi, circa un mese fa, qualcosa mi ha spinto ad aprire il suo libro dopo essermi infilata a letto. L'ho letto fino a tardi. Lei mi ha toccato profondamente. Mi ha fatto capire che ho ancora molto da offrire al mondo, che sono una creatura di Dio anche con tutte le mie debolezze e che ho il diritto ad un'altra possibilità di vivere una vita migliore. Lei mi ha dato quel coraggio, caro signor Christopher, e la ringrazio con tutto il mio cuore. Dio la benedica per aver acceso una candela nell'oscurità della mia misera esistenza».

Gli occhi di Louise mi seguivano mentre camminavo avanti e indietro. Uno scricchiolio casuale proveniente dalla scala circolare interruppe il silenzio del faro.

«D'accordo», mormorai. «Chiama Charles. Digli che riceverò quelle persone del *Time*».

CAPITOLO IX

Meno di un'ora dopo che Louise aveva riferito la mia decisione a Charles esultante di gioia, lui richiamò. Louise rispose al telefono, dicendo solo «D'accordo» e riagganciando subito.

«Quelli del *Time* saranno qui venerdì mattina, Mark. Arrivano da Boston, quindi ci restano meno di quattro giorni per organizzarci».

«E la posta?»

Scosse la testa. «Se non la teniamo sotto controllo, ci seppellirà nel giro di un mese».

Dopo una breve sosta in banca, per depositare sul conto una parte dei soldi ricavati dai diritti d'autore, andammo a Peterborough, nel nostro negozio preferito di articoli per l'ufficio. Vi restammo più di tre ore spendendo quasi quattromila dollari! I proprietari furono così lusingati da caricare il camioncino delle consegne, seguirci fino a casa e scaricare tutto nel faro secondo le indicazioni di Louise.

«Ecco qua, signore», esclamò Louise trionfante quando se ne furono andati. «Eccoci in affari!»

«Lei mi confonde. Forse ora vorrà spiegarmi perché avevamo bisogno di altre due scrivanie e di due macchine da scrivere?»

«Per evadere la posta. Io lavorerò a una di queste scrivanie e Mary Mellon all'altra. Insieme riusciremo a...»

«Aspetta un attimo! Chi è Mary Mellon?»

«Mark, hai sempre fatto fatica a ricordare i nomi. Conosci Mary. Vive in città con il padre. Faceva l'insegnante a Rindge e sa scrivere a macchina».

«Non capisco. Ho sempre pensato che la ragazza che ho sposato avesse una morale e degli scrupoli. Tu e Mary non potete rispondere alla mia corrispondenza. Non sarebbe giusto».

Mi lanciò un'occhiata carica di esasperazione e si precipitò nell'angolo estremo del faro, ritornando con quattro grosse buste marroni. «Mark, non c'è niente di disonesto nell'aiutarti. Credi davvero che Michener e Herriot rispondano personalmente a ogni lettera che ricevono? Ieri mattina, mentre eri fuori con Todd, ho voluto selezionare un centinaio delle lettere contenute nei sacchi della posta. Ritenevo che fossero un buon campione».

«E che cosa ha trovato, signora "sondaggi"?»

«Ho notato che le lettere si dividono in quattro categorie. Oltre la metà, cinquantacinque su cento, sono di persone che scrivono solo per ringraziarti di aver scritto *Un modo migliore di vivere*. Probabilmente risponderai a tutte con una riga o due, ringraziando per le gentili parole, sei d'accordo?»

«Immagino di sì».

«Dunque, una volta che hai risposto a questo tipo di lettera e ne hai dato una copia a Mary e a me, noi potremo scrivere una risposta simile a tutte le altre lettere di quel tipo e non ti resterà che firmarle. D'accordo?»

Non riuscii a trattenere un sorriso davanti alla sua determinazione. «D'accordo».

«Trentaquattro lettere sulle cento che ho letto richiedono una tua fotografia autografata».

«Questo spiega le duemila buste formato speciale che hai comprato. Ma non ho una fotografia abbastanza decente da spedire».

«Non è un problema. Chiederemo al fotografo del *Time*, quando verrà, di farti alcuni primi piani che poi acquisteremo. Selezioneremo la fotografia migliore e la faremo duplicare. Ho trovato un laboratorio a Concord che non è poi tanto caro sulle grandi quantità. Dovrai solo autografarle prima che Mary ed io le spediremo».

«D'accordo. Provvederemo così al cinquantacinque per cento della corrispondenza del primo tipo e – vediamo – al trentaquattro per cento del secondo tipo. Fanno in tutto l'ottantanove per cento. Che cosa ne è del...»

«Un po' di pazienza!», esclamò alzando le braccia. «Non cercare di precedermi. La terza categoria di lettere, e ve ne erano solo otto tra quelle che ho letto, corrisponde alle persone che sembrano sincere e che scrivono per chiederti dei consigli particolari. A quelle lettere, Mark, sono certa vorrai rispondere personalmente, sebbene alcune ti spezzeranno il cuore. Non immaginavo quante fossero le persone che hanno un disperato bisogno di aiuto».

«E tutte con grandi capacità, Louise, ma che sono state messe al tappeto così tante volte che hanno perso la fiducia in se stesse. Quindi, stando alla tua selezione, posso rispondere a circa otto lettere su cento che riceviamo e che corrispondono alla terza categoria. Che cosa c'è nella quarta busta?»

«Posta più strana, lettere "originali". Ne ho trovate solo tre. Una era una richiesta di denaro, di molto denaro, perché si deduce che tu sia ricchissimo. Un'altra sostiene che devi essere una reincarnazione di Cristo perché nessun altro potrebbe scrivere parole così belle e sagge. Ti propone addirittura di organizzare una nuova chiesa con il tuo aiuto. E la terza è semplicemente oscena».

«Nessuna proposta di matrimonio? Pensavo che la celebrità comportasse anche questo».

«Beh, non ce n'erano in questo primo gruppo, ma scommetto che ne riceverai, soprattutto quando vedranno la tua foto. Sono certa che avrai anche molte altre offerte allettanti».

«E tu le esaminerai tutte, naturalmente».

«Anche Mary. A una zitella come lei qualche brivido non dispiacerà affatto. Scherzi a parte, Mark, noi ci limiteremo a mettere da parte tutte le lettere più strane insieme a quelle che riteniamo meritino una tua risposta personale. Tu le potrai vedere decidendo come comportarti. La cosa più intelligente, forse, sarà ignorare quelle che rientrano nella quarta categoria».

La baciai. «Grazie. Il tuo piano mi piace, tranne per una cosa. Come potrò sedermi alla scrivania e scrivere un altro libro avendovi vicino a battere tutto il giorno a macchina?»

«Non ti staremo tra i piedi. Questa sistemazione sarà solo temporanea. Non appena avremo riordinato la camera degli ospiti, ci trasferiremo in casa. Mary e io possiamo lavorare lì e dopo aver esaminato la posta, ogni giorno, ti porteremo la tua piccola parte da evadere quando ne avrai il tempo. Tornerai alla privacy che desideri tanto, nel giro di un mese».

Mary Mellon cominciò l'indomani mattina e, sebbene non fosse stato previsto, dovetti unirmi a loro, almeno per i primi giorni, nella lettura e nella selezione delle lettere. Fu un'esperienza davvero avvilente. A scrivermi erano dirigenti, rappresentanti, insegnanti, carcerati, casalinghe, malati terminali, allenatori sportivi, studenti e tante altre persone; Charles Bergen aveva ragione: il libro era riuscito a raggiungere tutti gli strati sociali e a riaccendere la fiamma della speranza in quasi ogni lettore. Ogni tanto si rompeva il silenzio con esclamazioni del tipo, «Sentite questa!», «Non crederete a questa!» oppure «Questa è la migliore!» e spesso alzavo lo sguardo per vedere Louise o Mary in lacrime.

Verso sera, Louise mi chiamò dalla sua scrivania.

«Mark, conosci qualcuno di nome Salom?»

«No, non mi sembra».

Si alzò, con in mano una lettera, e la posò sopra a quella che stavo leggendo. «Guarda questa».

Eravamo sposati da molti anni e nella sua voce colsi una insolita vibrazione che mi fece subito alzare gli occhi.

«Stai bene Louise?»

«Leggila».

Dalla busta marroncina estrassi un biglietto. Era bordato d'oro e le parole che vi erano scritte erano nella calligrafia più delicata che avessi mai visto...

Hai ricordato al mondo, col tuo libro eccellente, che uno dei doni più grandi mai fatti all'uomo da Dio è il suo potere di scelta.

Le tue scelte, negli ultimi anni, hanno richiesto fede e coraggio. Col tempo dovrai fare appello a questo grande potere ancora una volta, e la scelta che dovrai fare sarà la più difficile che avrai mai affrontato.

Il biglietto era firmato *A. B. Salom.*

Forzai un sorriso. «Un'altra da schedare come "originale", vero?»

«Mark, ho tirato fuori io stessa quella lettera dal sacco della posta. Gira la busta e guarda a chi è indirizzata».

Osservai la busta e notai *Mark Christopher* scritto con la stessa calligrafia e lo stesso inchiostro blu. «Non c'è indirizzo, Louise! Tutte le altre sono indirizzate a me attraverso la casa editrice di Charles Bergen. Su questa invece non c'è che il mio nome. Come può essermi stata recapitata?»

«Noti solo questo?» chiese Louise, con voce quasi stridente.

Osservai ancora la busta. «Mio Dio, non c'è francobollo su questa busta! E nemmeno un timbro postale!»

CAPITOLO X

Mantenendo la sua parola, tre settimane più tardi Louise trasferì l'*ufficio corrispondenza* nella grande camera degli ospiti. A memento della sua breve sosta nel mio rifugio, mi lasciò un tabellone accanto alla scrivania. Disse che serviva a rinfrescarmi la memoria su importanti impegni come portare i ragazzi dal barbiere e altre commissioni che dimenticavo sempre con la scusa di avere la mente presa dalla scrittura.

Pur non avendone più discusso, ad un angolo del tabellone era attaccato un altro promemoria: l'enigmatico messaggio del signor Salom.

L'intervista per il *Time* che avevo tanto temuto risultò un'esperienza piacevole. John Christy e Donna Templeton non solo avevano letto il mio libro – il che era evidente dalle domande che mi ponevano – ma con i loro modi accomodanti riuscirono a mettermi presto a mio agio. La conversazione andò ben oltre la mia vita personale e i princìpi di successo descritti in *Un modo migliore di vivere*. Nonostante i due corrispondenti – come il *Time* definisce i suoi attivissimi reporter – avessero il registratore sempre acceso, continuavano a prendere appunti mentre consideravamo insieme l'evoluzione della letteratura motivazionale negli Stati Uniti.

John Christy, prima di cominciare, si era scusato per l'assenza del fotografo: Roger Meyer era stato trattenuto per un'altra storia a Boston; comunque sarebbe arrivato in mattinata. John si disse molto dispiaciuto per il disturbo che mi avrebbe arrecato Roger che si sarebbe fermato probabilmente altri due o tre giorni, per fotografarmi, finché non fosse stato sicuro di aver immortalato il vero Mark Christopher.

Verso sera, dopo il caffè, Donna Templeton fissando il camino disse sospirando: «Non voglio che questo giorno finisca. Qui è tutto così calmo e tranquillo e ho imparato tanto oggi. Lei mi ha fornito un quadro del tutto nuovo del vero successo, signor Christopher, e da ora in poi so che svolgerò meglio il mio lavoro, semplicemente per essere stata con lei e per averla ascoltata».

John Christy passò la mano sulla sua barba grigia e annuì. «Lei è un uomo fortunato, Mark. In molti vorrebbero essere al suo posto. Aveva un sogno ed è riuscito a realizzarlo».

Mi avvicinai alla finestra facendo un cenno a John. «Vede quel vecchio camioncino? È stato il nostro unico mezzo di trasporto per oltre un anno».

Sorrise. «E ora lei e Louise potete permettervi una Mercedes a testa».

«Non è questo il punto. Abbiamo intenzione di tenere quel vecchio macinino per sempre, anche se dovremo ritirarlo nel fienile. Rimarrà sempre vicino per ricordarci i momenti difficili. È splendido avere dei sogni e degli scopi nella vita, ma se valgono davvero, hanno un caro prezzo. Sottolineo questo punto nel mio libro. La frase di Churchill "sangue, sudore e lacrime" sono un'ottima formula per il successo, ma difficile da vendere in questi giorni».

Donna diede un'occhiata all'orologio e poi guardò nella direzione di John, che annuì. «Credo sia tutto, Mark, ma avrei ancora una domanda prima di andare. Ora che ha scritto un bestseller e possiede la sicurezza e tutto il denaro che può avere mai desiderato, qual è lo scopo della sua vita?»

Era una domanda innocente e legittima, ma per la prima volta mi trovai in difficoltà. Sentivo gli occhi di entrambi fissi su di me, mentre giocherellavo con il cinturino dell'orologio. Alla fine dissi: «Vorrei avere il privilegio di vivere abbastanza per vedere i miei due figli diventare uomini».

Donna mi diede un bacio sulla guancia prima di salire sulla Oldsmobile che avevano noleggiato. Mi dispiaceva verderli partire.

La mattina dopo, mentre tagliavo il prato, arrivò il nostro fotografo su di una rombante Mercedes. Roger Meyer fu nostro ospite per il week-end: lo sistemammo nella stanza di Glenn, facendo dormire insieme i due ragazzi nell'altra. Li conquistò subito; di sera si sedeva sui loro letti e raccontava le sue avventure da fotografo. Insegnò loro come impugnare, mettere a fuoco, mirare e fotografare con la sua Nikon e li portò anche a fare un giro – stile Gran Premio – nelle strade secondarie di Jaffrey.

Quando non stava con i miei figli, Roger mi fotografava in tutte le posizioni concepibili: mentre coltivavo il giardino, mentre allenavo la mia squadra di baseball, mentre scrivevo a macchina, ammiravo il paesaggio dall'alto della torre, leggevo la corrispondenza, tagliavo la legna. E soprattutto davanti al faro, con le mani sui fianchi, una volta sorridente, un'altra più serio e poi ancora con il dito puntato. Adoperando il suo grandangolo mi spostava avanti e indietro, con la torre sempre alle mie spalle in modo da far rientrare nelle foto l'intero edificio. In tutto, quando ebbe finito, aveva scattato ventitré rullini da trentasei foto. Alcuni a colori, ma la maggior parte in bianco e nero, compresi i due rullini di primi piani che regalò a Louise in cambio di «vitto e alloggio».

I due ragazzi rimasero tristi per parecchio tempo dopo la partenza di Roger.

Un lunedì di fine luglio, la voce ormai familiare di Charles Bergen continuava a ripetere al telefono la parola «Magnifico!»

«L'hai già visto, Mark? Magnifico! Magnifico!»

«Ho visto cosa?»

«Il *Time*! La copertina! L'articolo! Lo splendido lavoro che hanno fatto! E tutto senza neanche scombussolarti tanto. Ero preoccupato. Nelle foto sembri così giovane, anche bello. Forse dovremmo mettere la tua fotografia sulla sovracopertina. Stiamo ancora ristampando, per la quattordicesima volta, per un totale di – sei pronto? – due milioni di copie! Due milioni! Spero che tu abbia un buon fiscalista, ne avrai bisogno. E il telefono: sarà meglio che Louise ti procuri subito una linea privata.

Non appena uscirà la rivista, incomincerai a ricevere telefonate da qualsiasi parte. Cosa posso dirti? Congratulazioni!» La sua voce si interruppe. «Se solo... se solo mio padre fosse qui a vedere tutto questo».

Il signor Slattery ci consegnò personalmente la nostra copia del *Time* la mattina dopo. Disse che non si era permesso di infilare quel numero così importante nella cassetta delle lettere. La copertina, come mi ero immaginato, era uno dei ritratti che Roger mi aveva scattato davanti al faro, preso dal basso in modo da farmi sembrare alto quanto l'edificio dietro. In grossi caratteri neri, sotto il logo *Time*, vi erano le parole «Faro di Speranza per un Mondo nei Guai». Sotto la foto, a destra e in caratteri più piccoli, erano riusciti a infilare «Un'intervista esclusiva con "Mr. Successo"».

Louise stava versando della spremuta d'arancia per lei e per Mary quando entrai in cucina con la rivista. Mi sedetti e aspettai pazientemente finché non ebbe letto tutto l'articolo e studiato ogni fotografia.

«Allora?»

«È bellissimo... tutto. Ecco cosa più mi piace, Mark», disse avvicinandomi l'articolo e indicando l'ultimo paragrafo. «Concludono dicendo che il tuo nome sembra essere perfetto per te perché la parola Christopher significa "portatore di Cristo"».

CAPITOLO XI

Il servizio sul *Time*, come mi sarei dovuto aspettare, scatenò una valanga di richieste di interviste che non potevo – per correttezza – declinare, ora che avevo interrotto il mio breve silenzio. Charles Bergen finalmente decise di rivolgersi a una ditta di pubbliche relazioni, non per procurarci altra pubblicità, si affrettò a precisare, ma per controllare, coordinare e programmare, dopo avermi consultato, le visite dei giornalisti alla nostra casa in collina.

In quegli ultimi cinque mesi del 1981, secondo i calcoli di Louise, fui intervistato novantasei volte! Diventò quasi impossibile passare davanti a un'edicola, senza imbattersi nella faccia sorridente di Mark Christopher che ammiccava ai passanti dalle copertine delle riviste patinate. Infine, anche *Newsweek* pubblicò un bel servizio senza accennare alcun rancore per essere stati battuti dal *Time*, malgrado fossero stati loro i primi a riconoscere e a recensire il libro. Intanto il nostro faro era stato fotografato e descritto in così tanti articoli che, come Charles dichiarava con orgoglio, stava diventando rapidamente un nuovo simbolo dell'America.

Il più delle volte le interviste non mi dispiacevano. Dopo averne rilasciate una dozzina circa, le mie risposte si erano fatte più sicure e precise considerato che le domande erano sempre le stesse. Come un allenatore rivede la registrazione di una partita della sua squadra per individuarne e correggerne i difetti, così decidevo che cosa avrei dovuto dire nel caso quella domanda fosse stata rifatta. Succedeva sempre così.

Continuavo a rifiutare tutti gli inviti che mi avrebbero fatto volare chissà dove per partecipare a programmi radiofonici o televisivi. Allora mi fu suggerito di registrare "sul posto" le interviste – dentro e fuori l'ormai noto faro – soprattutto quelle destinate al circuito televisivo. Non accettai neanche questo, malgrado al povero Charles fosse venuto quasi un infarto quando fu informato che avevo detto di no anche a Barbara Walters[1]. Nonostante tutti i miei sforzi, la giostra della pubblicità non rallentava. Il Presidente incominciò una delle sue conferenze stampa in televisione con una citazione da *Un modo migliore di vivere*. Frank Reynolds, al notiziario della sera, mi definì "Mr. Successo". Ci fu quasi una sommossa a Manila quando i miei libri passarono la dogana e furono messi in vendita nelle numerose librerie delle due più grandi catene, la libreria Alemar e la National. Parecchi giocatori della squadra di football della Clemson University attribuirono il merito del loro successo in campionato oltre che all'allenamento

[1] Noto personaggio televisivo americano.

di Danny Ford anche a *Un modo migliore di vivere*. E, ai primi di dicembre, la tipografia di Charles Bergen, che ora lavorava esclusivamente sul mio libro, produsse il quinto milione di copie!

Ironia della sorte, io che avevo abbandonato il mio vecchio stile di vita per poter sentire il profumo delle rose e stare con la mia famiglia, ora mi trovavo a trascorrere la maggior parte del tempo a rilasciare interviste al faro o a rispondere alle lettere, così le splendide rose curate per tanti anni dai Croydon venivano decimate dai bruchi e dagli insetti. La cosa più grave era che non facevamo più le nostre gite di famiglia ora che ce le potevamo permettere. Non c'era tempo. Le parole più tristi che abbia mai detto o scritto.

Nel pieno di una tipica tormenta di fine gennaio, Louise fece il suo annuncio. Stavamo cenando insieme, tutti e quattro – anche questa ormai una rarità – quando all'improvviso picchiettò il bicchiere con la forchetta e disse: «Ascoltatemi tutti! Lunedì prossimo prenderemo l'aereo per Phoenix, in Arizona, dove trascorreremo dieci splendidi giorni al sole e penseremo solo a divertirci insieme. Nuoteremo, mangeremo, andremo al cinema, ci abbronzeremo, andremo a fare shopping, gite e tutto ciò che possiamo immaginare. Cosa ne dite?»

Aspettai che le grida di gioia diminuissero. «Louise, è impossibile. Non possiamo partire adesso. C'è troppo da fare».

«Ehi ragazzo, ho letto il tuo libro. Niente è impossibile. E tutte queste cose possono aspettare. È stato un altro anno difficile, e non siamo stati molto insieme, soprattutto con i ragazzi. Faremo le valigie e ce ne andremo. Mary e gli altri penseranno a tutto mentre siamo via. Non c'è nulla che non possa essere rimandato di due settimane e se hanno bisogno di noi, basterà una semplice telefonata».

«Non riusciremo più a trovare una stanza decente a Phoenix. I posti migliori probabilmente sono già stati prenotati da... da settembre».

Sorrise: «Esattamente quando ho prenotato io, dopo aver visto il tuo primo assegno dei diritti d'autore. Abbiamo due stanze comunicanti all'Arizona Biltmore. Mi hanno detto che è l'albergo migliore».

Durante il volo per Phoenix, Todd e Glenn, seduti davanti a noi, si alternavano al posto finestrino del grande DC-10 per ammirare, in timoroso silenzio, l'insolito panorama che scorreva sotto i loro occhi. Era il loro primo volo. A un certo punto, sopra il sedile spuntò il viso confuso di Todd. «Mamma?»

Louise sollevò lo sguardo dalle parole crociate. «Sì, caro?»

«Non riesco a vedere la gente laggiù».

«È perché siamo molto in alto, quasi sette miglia da terra. Anche le montagne e i fiumi sembrano piccoli da quassù».

«Dio è ancora più in alto di noi?»

«Molto più in alto».

«Allora... come fa a sentire le nostre preghiere e a vederci?»

«Perché Dio può fare qualsiasi cosa, Todd. Ecco perché è Dio».

«Ah». Il suo viso ancora interrogativo scomparve dietro il sedile.

Le diedi un colpetto sulla mano. «Niente male».

Chiunque avesse consigliato a Louise l'Arizona Biltmore aveva perfettamente ragione. Il corpo principale dell'hotel, alla fine di un lungo vialetto costeggiato da palme e fiori, aveva l'atmosfera e il carattere garbato di un'epoca diversa, meno frenetica, pur essendo dotato di tutti i servizi migliori per i suoi ospiti. Anche i diciotto gradi furono un sano cambiamento dopo le temperature al di sotto dello zero e la neve che ci eravamo lasciati alle spalle.

Abbiamo tanti ricordi indimenticabili di quei pochissimi giorni nella Valle del Sole. *Abbiamo*. Che splendida parola. Andammo a fare shopping al gigantesco Metrocenter di Phoenix. Ordinammo delle enormi bistecche al Pinnacle Peak Patio e, dopo pranzo, i ragazzi parteciparono alle riprese di un Western. Cavalcammo nel deserto accompagnati da una guida indiana. Scalammo lo Squaw Peak. Salimmo su una diligenza e bevemmo birra di radici al Golden Belle Saloon di Rawhide.

Un pomeriggio sedevo sul bordo della piscina a godermi tutto il sole del deserto; Todd era vicinissimo e insieme osservavamo Glenn fare il clown sul trampolino. Mi allungai e abbracciai il mio piccolino. «Sei felice?»

«Oh, sì!»

«Si dice che se inizi felice il nuovo anno, lo sarai tutto l'anno. Ci credi?»

Si stava asciugando la testa con un grande asciugamano, quindi la sua risposta fu parzialmente attutita. «Non… non so, papà».

«Cosa vuol dire non so?»

«Papà, sei sempre nel faro con quei giornalisti adesso. Sarà un felice anno nuovo se riusciremo a fare ancora le cose insieme, come adesso».

«Bene, figliolo, ora ti faccio questa solenne promessa», dissi con tono autoritario e alzando la mano destra. «Se Dio vorrà, il prossimo anno sarà un grande anno per la nostra squadra, proprio come quando ci siamo trasferiti a Jaffrey».

Todd aggrottò la fronte. «Perché hai detto "Se Dio vorrà"?»

«È solo una frase che ho imparato da mio padre. Significa se Dio mi farà vivere…»

Todd mi afferrò il braccio. «Devi morire?»

«No, no, Todd. È solo un modo di dire».

Louise saltò subito in piedi. «Okay ragazzi, risistemiamo tutto e andiamo a vestirci. Abbiamo tutti un appuntamento per cena tra un'ora circa e non possiamo far aspettare i camerieri dell'Orangerie».

Quei giorni trascorsero così in fretta che la mattina della partenza, alle stanze 212 e 214, c'erano quattro musi molto lunghi. Mentre i facchini caricavano i nostri bagagli sulla nostra macchina a noleggio, mi fermai alla reception per pagare il conto. Stavo per uscire quando, sulla porta, realizzai di avere ancora in tasca le chiavi della camera dei ragazzi. Tornai indietro, lasciai le chiavi sul bancone di marmo e mi voltai.

«Signor Christopher!»

La graziosa ragazza che si era appena occupata del mio conto mi porse una busta. «Meno male che è tornato indietro. Ho dimenticato di darle questo messaggio».

Rimasi immobile, fissando la busta marroncina con il mio nome in piccole lettere blu. Infine, la aprii, estrassi il biglietto bordato d'oro e lessi:

Bevi dalla copiosa coppa della gioia.
Nessuno lo merita più di te.
Ma preparati mentalmente.
Il momento della tua scelta si avvicina rapidamente.

Il biglietto, come il primo, era firmato *A. B. Salom*. Nessuno dei portieri si ricordava di aver ricevuto la busta da qualcuno o di averlo inserito nella mia buca delle lettere. Accartocciai sia il biglietto che la busta e li buttai in un posacenere d'ottone prima di uscire nel sole accecante di Phoenix.

CAPITOLO XII

Alla fine di marzo, Charles Bergen, accompagnato da David Coronet, presidente della Goliath Books, una delle più grandi case editrici di tascabili del mondo, si presentò inaspettatamente alla nostra porta. Charles si scusò imbarazzato per la visita a sorpresa, ma Louise ed io eravamo così felici di conoscerlo finalmente che lo accogliemmo come se fosse il figliol prodigo. Naturalmente ci volle un po' di tempo prima di abituarci al suo aspetto. La voce rauca e il suo modo di parlare ci avevano fatto pensare, come ho già detto, ad un uomo anziano e invece Charles era sulla trentina, aveva il passo scattante da atleta, indossava jeans firmati e una giacca di cachemire nera. Non proprio la tipica immagine dell'editore.

David Coronet, invece, era perfetto. Vita stretta, spalle larghe e un viso quadrato, dai tratti decisi, sotto una massa ribelle di capelli bianchissimi. Persino il suo gessato blu e la voce baritonale sembravano rientrare nella parte di questo leggendario genio editoriale che quasi da solo e in meno di vent'anni aveva trasformato la Goliath Books in un gigante dell'editoria.

Come succedeva ormai con la maggior parte dei nostri ospiti, il giro della casa e del giardino terminò con il faro, dove Louise servì dolci e caffè prima di scappare a prendere Glenn a scuola.

David Coronet si lasciò andare sul divano, si sbottonò la giacca, accavallò le gambe e alzando la tazza disse: «Meraviglioso... tutto questo è meraviglioso! La Torre del Successo! Un nome perfetto. Tutto, la collina, la casa, questo faro, è esattamente come tanti articoli li hanno descritti. E lei e Louise, Mark, proprio come speravo che foste, simpatici, senza pretese, coi piedi per terra. Sono felice di trovarmi qui!»

«Grazie. La vostra visita è un onore per noi».

«Conobbi Joshua Croydon parecchi anni fa», disse il vecchio editore. «Ho pubblicato quasi tutti i suoi libri per bambini. Era un uomo intelligente e di grande talento. Aveva molto da dire e lo diceva bene. E pensare che tutti i suoi pensieri sono nati qui».

Indicai la mia scrivania. «Quella era la sua macchina da scrivere. Me la regalò sua moglie».

Coronet si alzò, andò lentamente verso la scrivania e schiacciò leggermente alcuni tasti. «E lei ha scritto *Un modo migliore di vivere* su questo relitto?»

«Ogni parola».

«Straordinario! Crede che avrebbe potuto scrivere lo stesso libro su un'altra macchina e in un altro posto?»

Era una domanda che nessuno mi aveva ancora posto. «Beh, non ricordo lo spirito di Joshua Croydon venire alle mie spalle e battere per me un paio di paragrafi, se è questo che intende. Questo era il suo studio e quella la sua macchina da scrivere, ma il libro, le posso assicurare, è tutto mio. Nessun coautore, soprattutto da morto».

Sorrise: «Mi perdoni. La Goliath Books sta pubblicando ultimamente così tanti libri sull'occulto che incomincio a vedere trame di storie di fantasmi dappertutto. Sono proprio uno sciocco. Mi racconti della corrispondenza. Quante lettere di ammiratori riceve in questi giorni?»

«Siamo intorno alle ottocento alla settimana».

Scosse la testa meravigliato. «È straordinario se pensa che il libro è uscito da appena diciotto mesi. E le lettere provenienti dagli "squilibrati"?»

«Una decina alla settimana, che conserviamo ma senza risponderví».

«La preoccupano?»

Esitai. «All'inizio, ma ora ci ridiamo sopra. Fa parte del prezzo che bisogna pagare per la fama, la notorietà o come la si voglia chiamare».

Charles interruppe il suo silenzio. «Mark, è così bello poter finalmente stare un po' con te e, soprattutto, scoprire – anch'io come David – che sei esattamente l'uomo che speravo tu fossi. Naturalmente non crederai che la visita di quest'oggi sia casuale».

Sorrisi. «Ah, non passavate di qui?»

«No, sono diverse settimane che David ed io ci incontriamo a New York per discutere sulla possibilità che la Goliath Books acquisti i diritti per l'edizione economica di *Un modo migliore di vivere*».

Mi rivolsi a David Coronet. «Non me ne intendo molto di editoria, e di edizioni economiche in particolare, ma di solito non sono degli avvocati ad occuparsi delle trattative per la cessione dei diritti?»

«I migliori nel campo. Ma il suo editore è una testa dura perché l'edizione rilegata del suo libro vende ancora così bene che non vuole neanche parlare di diritti per l'edizione tascabile. Le due persone che se ne sono occupate per mesi, alla fine hanno ceduto e, sapendo quanto ci tengo ad avere questo libro per la Goliath, hanno lasciato a me le trattative. Mark, ho chiesto a Charles di portarmi qui da lei per avere l'opportunità di parlarle personalmente. Sono pronto a farle un'offerta che metterà a dure critiche il mondo editoriale quando si verrà a sapere. La cifra in questione supera di molto qualsiasi somma che sia mai stata pagata come anticipo sui diritti per l'edizione economica di un libro».

Mi girai verso Charles e dissi: «Non capisco. Tu hai il potere contrattuale di stabilire la cessione dei diritti senza consultarmi. Hai già venduto a molti i diritti per le edizioni straniere e sei stato bravissimo. Perché ora ti rivolgi a me?»

Charles appoggiò la schiena grattandosi la fronte. «Perché questa vendita alla Goliath comporta la tua disponibilità verso certe attività relative alla promozione dell'edizione tascabile».

«Come forse quei folli giri promozionali che cercano di infilare il libro in tutti i programmi alla radio e alla televisione: è questo che intendi?»

Prima che Charles potesse rispondere, Coronet si alzò, si levò la giacca, la gettò sul divano dopo aver tirato fuori un lungo sigaro, lo accese e disse: «Lasci che le spieghi, in poche parole, la nostra proposta. Credo davvero che lei abbia scritto il più grande libro sul successo di tutti i tempi. Non si tratta di teorie e sentimentalismi, ma di consigli pratici e concisi che tutti possono seguire per migliorare la propria vita. Desidero il suo libro per la Goliath al punto che ne ho dovuto discutere prima con il consiglio d'amministrazione. Ecco la mia proposta. La prima tiratura sarà la più alta di tutta la storia editoriale: quindici milioni di copie! Il libro verrà distribuito in tutto il paese, in tutti i negozi, nelle edicole, nelle librerie, negli aeroporti, nei grandi magazzini, allestito su appositi espositori pubblicitari e verrà promosso alle radio e alle televisioni locali. Lei visiterà le ventiquattro principali città del paese – trascorrendo in ciascuna due giorni – in cui parteciperà ai più importanti programmi televisivi e radiofonici oltre a rilasciare interviste alla stampa e ad autografare le copie del suo libro nelle librerie più famose. Verrà sempre accompagnato da un nostro rappresentante così non dovrà preoccuparsi di nient'altro, se non di essere il simpatico Mark Christopher. Concluderà il tour, dopo quarantotto giorni, con un discorso allo Yankee Stadium. Forse riusciremo a far riprendere il discorso da una delle principali reti televisive. Naturalmente provvederemo noi a tutti i dettagli e faremo del nostro meglio per non farla affaticare troppo».

«Allo Yankee Stadium?»

«Perché no? Sarà il più grande evento non atletico dopo la visita del Papa di parecchi anni fa. Venderemo i biglietti donando tutti i proventi all'ente benefico che lei preferirà».

Charles disse infine: «Mark, l'edizione economica della Goliath raggiungerà i milioni di persone che non possono permettersi i dieci dollari della copia rilegata del tuo libro, e sono proprio loro le persone che ne hanno più bisogno. Attraverso la grande distribuzione dei tuoi princìpi, riuscirai a sollevare il paese dalla sua apatia e autocommiserazione per il futuro, più di un qualsiasi Congresso e Presidente messi insieme. Credimi».

«Incominci a sembrare un imbonitore da fiera, Charles. È solo un libro, per l'amor di Dio, non "Il Discorso della Montagna, Parte Seconda"».

«Non è *solo* un libro», interruppe Coronet. «Si dà il caso che sia, e ne sono convinto, il miglior libro motivazionale che sia mai stato scritto: una splendida mappa per una vita migliore per chiunque vorrà seguire i suoi consigli, Mark. Mi ascolti, so quanto lei ami i suoi due figli e Louise; l'ho capito da tutti gli articoli che ho letto su di lei. Dimentichi noi, dimentichi il suo pubblico, dimentichi se stesso e pensi solo alla sua famiglia per un minuto. Se accetta i nostri termini, potrà essere certo di potere esaudire ogni loro desiderio. Cinquanta giorni della sua vita sono un prezzo troppo alto da pagare?»

«David», mi sentii chiedere, «qual è l'anticipo più alto che sia mai stato pagato per l'acquisto dei diritti dell'edizione tascabile?»

Si grattò il mento e disse: «Appena sopra i tre milioni di dollari».

«Tre milioni?...»

David posò la mano sulla mia spalla e disse: «La Goliath Books è pronta a pagare molto di più per *Un modo migliore di vivere*».

Presi fiato e chiesi: «Quanto?»

«Cinque milioni di dollari!»

CAPITOLO XIII

Dopo aver affidato Todd e Glenn alle cure di Mary Mellon, Louise e io due settimane dopo andammo a Boston dove prendemmo l'aereo per New York per partecipare alla serata organizzata dalla Goliath all'Hilton per annunciare la loro acquisizione dei diritti dell'edizione tascabile di *Un modo migliore di vivere*. L'ufficio stampa della Goliath si era messo subito in moto non appena era stato firmato il contratto. Quando Louise e io entrammo nella grande sala da ballo dell'albergo, affiancati da David Coronet e Charles Bergen, fummo salutati dalla folla, dai flash delle macchine fotografiche e da un numero spaventoso di luci televisive.

Louise, intanto che sorrideva ai fotografi, mi diede una piccola gomitata e disse: «Sei proprio riuscito a metterci in un bel pasticcio questa volta!»

«Continua a sorridere, tesoro mio. Stai andando benone».

«Mio Dio, Mark, c'è Lauren Bacall e... e Charlton Heston e il sindaco... come si chiama?»

«Koch. Forse ci ha portato le chiavi di New York».

«Preferirei una bella pizza calda. Sto morendo di fame».

«Ti sta bene. Hai voluto saltare la cena».

«Ero nervosa. Perché, tu non sei nervoso?»

«Eccome. È solo che sono troppo intontito per farlo vedere. Sorridi ora. Brava bambina...»

Alla fine, David e Charles riuscirono a farci arrivare fino al centro del salone: una gigantesca scultura di ghiaccio della Torre del Successo era circondata da tavoli con dietro una schiera di camerieri che versavano coppe di champagne.

David ci porse una coppa di Dom Perignon, ma prima di poter bere fummo costretti a rimanere in posa per un numero infinito di fotografie con i bicchieri alzati per il brindisi. Finalmente disse: «Bene, credo che sia arrivato il momento. State pure qua, mentre saluto il nostro pubblico».

Alcuni uomini sono nati per indossare lo smoking e David Coronet è uno di quelli. Aspettò, davanti al microfono sul palco del salone, che la sala zittisse.

«Amici, do a tutti il mio benvenuto. Questa è una serata importante nella storia della Goliath Books e, senz'altro, anche per l'editoria americana. Sono orgoglioso di annunciare, come molti già sanno, che la Goliath Books ha acquistato i diritti per la pubblicazione negli Stati Uniti di un libro che, in meno di due anni, è diventato il bestseller di tutti i tempi».

Fece una pausa. «Ma ciò che nessuno di voi sa, fino a questo momento, è che il prezzo, l'anticipo avanzato per i diritti di *Un modo migliore di vive-*

re, non è mai stato raggiunto prima... cinque milioni di dollari!»

Si fermò ancora. Questa volta non aveva scelta. Dalla folla si era levato un forte boato, un insieme di esclamazioni che andavano dallo stupore, all'ammirazione, all'invidia. All'improvviso mi sentii puntati addosso gli occhi di tutti e Louise sempre più vicina.

David Coronet riprese a parlare: «La prima tiratura della Goliath batterà un altro record: quindici milioni di copie. Già tre tipografie si sono messe al lavoro per consegnare tutte le copie entro l'11 di agosto, quando Mark Christopher inizierà un giro promozionale che lo porterà nelle ventiquattro città principali del paese. Nel materiale che abbiamo fornito ai giornalisti troverete un elenco delle città e delle date approssimative in cui l'autore parteciperà ai programmi radiofonici, televisivi e alle conferenze stampa, oltre alle librerie in cui rilascerà autografi. Forse vi interesserà anche sapere che i sindaci di ogni città che l'autore visiterà hanno già concordato di nominare il primo giorno del suo arrivo come "il giorno di Mr. Successo". Il tour culminerà, dopo quarantotto giorni, con un discorso allo Yankee Stadium, il 28 settembre, e tutti i proventi dell'incontro saranno destinati in beneficenza».

L'applauso che seguì sembrò interminabile finché David alzò la mano destra. «Signore e signori, come tutti sapete, il signor Christopher raramente si spinge oltre il suo faro del New Hampshire, quel simbolo di speranza che tutti conosciamo come la

Torre del Successo. Comunque, siamo molto onorati di averlo qui con noi stasera».

«Per cinque milioni di dollari come avrebbe potuto non venire?» urlò una voce maschile da un gruppo di persone vicine provocando nel pubblico una grande risata, compreso David.

«È un grande onore averlo con noi questa sera, accompagnato dalla sua simpatica moglie, e pensavo che forse egli stesso avrebbe piacere di salire sul palco per dirvi due parole. Vi prego di ricordare che non è una conferenza stampa. Non fate domande e, se desiderate un'intervista con il nostro autore, dopo aver consultato il programma, contattate l'ufficio stampa della Goliath. Faremo del nostro meglio per accontentarvi al più presto. Ed ora, amici, è un grande piacere per me presentarvi "Mr. Successo" in persona... Mark Christopher!»

L'applauso cresceva come salii sul palco, mi avvicinai al microfono e strinsi la mano a David. Temporaneamente accecato dalle luci della televisione, aspettai nervosamente, chinando la testa e cercando di sorridere alla vuota oscurità che mi ritrovavo davanti, non ancora sicuro di cosa avrei detto.

«Signore e signori, immagino che tutti noi iniziamo la strada incerta della vita con un sogno, un'ambizione, uno scopo. Pochi fortunati riescono a superare tutti gli ostacoli, i blocchi stradali, le buche che si incontrano per raggiungere il proprio obiettivo. Spesso comunque, veniamo distolti dal viaggio e barcolliamo negli anni fino a che le speranze e i sogni svaniscono anche dalla nostra memoria. Per me questo è l'avverarsi di un sogno che avevo sepolto, insieme a mia madre, venticinque anni fa».

La sala si era fatta molto silenziosa.

«Questa sera, con la vostra presenza, voi non rendete onore a me ma a lei... e al suo sogno. E mamma – dovunque tu sia – mi dispiace che ci sia voluto tanto tempo, ma desidero solo che tu sappia che tuo figlio finalmente ce l'ha fatta».

Qualche ora dopo, David e Charles ci accompagnarono all'ascensore promettendoci di chiamarci l'indomani mattina prima di partire per l'aeroporto La Guardia e di tornare quindi a casa. Una volta in ascensore Louise sospirò: «Caro, sono così orgogliosa di te. Sei stato meraviglioso con quella gente».

Alzai la mano destra. Mi faceva male: «Hai idea di quante strette di mano abbia dato?»

«No, ma temo che sia solo l'inizio».

«Spero di sopravvivere».

«Ma certo... e quando avrai terminato il tuo giro, ti avremo di nuovo con noi e sarà come ai vecchi tempi. Tutta questa pubblicità finirà un giorno o l'altro».

Girai la chiave nella porta della suite e la aprii a Louise. «Oh, Mark», esclamò indicando un grande cesto di frutta che era stato sistemato sul tavolino, «che gesto gentile da parte dell'albergo!»

Gettò via le scarpe, corse verso la frutta e poi si tirò indietro. «Mark!»

«Cosa succede?»

«Guarda!»

Di fianco al cesto era appoggiata una busta

quadrata, marroncina, con sopra il mio nome scritto con inchiostro blu. La aprii e lessi il breve messaggio sul biglietto bordato d'oro prima di porgerlo a Louise:

Signor Christopher, sua madre sa bene che ha raggiunto la cima. Il legame tra genitori e figli dura per l'eternità. Non deve dimenticarlo quando le verrà chiesto di fare la sua scelta. Mi farò vivo presto con lei.

A. B. Salom

Louise buttò il cesto in terra con un calcio di rabbia. «Mark, chiunque abbia scritto questo biglietto era nel salone stasera e ti ha sentito parlare di tua madre! Sono terrorizzata».

Non potevo più nasconderglielo. Le raccontai del secondo messaggio che avevo ricevuto mentre lasciavamo l'Arizona Biltmore.

«Dobbiamo fermarlo», singhiozzò. «Non è come quelle lettere strane che riceviamo a casa. Questa persona ci sta *seguendo*! Lui o lei, in qualche modo, è riuscito a infilare la prima lettera in uno dei sacchi postali nel New Hampshire. Poi ti ha lasciato un messaggio alla reception in Arizona. E adesso questo! Perché? Forse è meglio che tu lo dica a Charles quando telefona, domani mattina... o alla F.B.I... a qualcuno. Abbiamo bisogno d'aiuto. Dobbiamo scoprire che cosa vuole questo Absalom prima che ci faccia impazzire».

«Che cosa hai detto? Scoprire *chi* vuole?»

«Absalom».

«Louise, il mittente di questi strani messaggi firma il suo nome A.B. Salom».

«Allora? Come pronunci A. B. Salom?»

«Absalom?»

«Vedi?»

«Absalom, Absalom. Sembra un nome biblico».

«Hai ragione», disse. «Assalonne era un figlio del re Davide... ma ricordo solo questo».

«Credi che ci sia una specie di indizio nel nome?»

«Chissà. Ciò che sappiamo per certo è che il nostro misterioso messaggero era in questo albergo stasera. E probabilmente è anche stato in questa stanza! Scommetto che se controlli, non sarà stata registrata nessuna consegna stasera».

Chiamai la reception. Louise aveva ragione. Quando riagganciai il telefono, stava già girando nervosamente le pagine di una Bibbia che avevamo trovato nel cassetto del comodino. Finalmente si fermò e incominciò a leggere, con gli occhi grandi che scorrevano avanti e indietro sulle pagine. Aspettai a lungo prima che chiudesse la Bibbia con calma.

«Allora?»

«Avevo ragione, Mark. Assalonne era un figlio di Davide».

Silenzio. Passavano i minuti. «E?», chiesi con una certa impazienza.

«Organizzò una rivolta contro suo padre e fu ucciso da un generale di Davide. Quando al re fu data la notizia della morte del figlio, urlò con dolore: "Figlio mio! Assalonne figlio mio, figlio mio Assalonne! Fossi morto io invece di te, Assalonne, figlio mio, figlio mio!"»

CAPITOLO XIV

Eravamo in volo, a metà strada da Boston, quando Louise, dandomi una pacca sulla gamba, interruppe quello che tra noi era stato un lungo e raro periodo di silenzio.

«Ehi, non stiamo un po' esagerando, adesso? Sembra che torniamo da un funerale invece di essere stati onorati dalla crema del mondo editoriale meno di ventiquattr'ore fa. Dovremmo essere due tra le persone più felici al mondo. Stai per ricevere più denaro di quanto ne possiamo spendere; il tuo nome è conosciuto non solo qui, ma in tutto il mondo; le celebrità chiedono *a te* l'autografo; milioni di persone ti rispettano e ti adorano grazie al tuo libro… e invece guardaci! Ci siamo fatti rovinare l'evento più importante della nostra vita dalle lettere di chissà chi».

«Non dicevi questo ieri sera quando hai scaraventato a terra il cesto della frutta».

«Lo so», annuì, «ma dopo quel magnifico ricevimento, non è stato facile affrontare un altro messaggio proveniente dal buio».

«E adesso non sei più preoccupata?»

«Certo che lo sono. Ma ho deciso di non permettere a qualcuno che nemmeno conosco di manovrare i comandi del mio umore e del mio stato d'animo. Tu stesso l'hai scritto: come rinunciamo alla nostra personalità quando lasciamo che le parole e le azioni di altri ci obblighino a pensare, dire o fare cose che sono incompatibili con noi. Ciò non potrà mai succedere se stiamo attenti, giusto?»

«Giusto. Quando ti lasci criticare duramente e a torto da qualcuno, ecco che affidi la tua vita nelle sue mani, e il prezzo che sei costretto a pagare per averlo permesso è molto alto».

«Lo sapevo, ma credo di averlo dimenticato per un po'. A proposito, hai raccontato del nostro misterioso corrispondente a Charles e a David quando hanno chiamato stamattina?»

«No, non vedevo il motivo di preoccuparli».

«E allora che cosa faremo?»

«Una cosa che forse avrei dovuto fare al nostro rientro dall'Arizona».

Stephen e Sheila Hammond erano stati i nostri vicini l'ultimo anno che avevamo abitato a Brookline. Il nostro rapporto era cresciuto dal primo giorno del loro arrivo da Memphis, da dove Steve si era trasferito, fino a diventare nostri carissimi amici. All'inizio ci dissero solo che Steve lavorava per il governo e ricordo che dovettero passare parecchi mesi prima che Sheila ci confidasse che Steve era il nuovo capo della divisione di Boston della *Federal Bureau of Investigation*. Steve ci spiegò che per molte ragioni il personale della F.B.I. preferiva che il proprio lavoro e l'indirizzo di casa non diventassero di pubblico dominio, e né io né Louise violammo la sua fiducia in noi, neanche con i nostri ragazzi.

Una volta atterrati all'aeroporto Logan, telefonai a Steve. Mi andò molto bene: era in ufficio, ci sarebbe rimasto tutto il pomeriggio ed era felice di rivedere i suoi vecchi vicini di casa.

Trascorremmo oltre due ore nel grande ufficio di Steve nel John F. Kennedy Federal Office Building. Raccontammo ogni cosa cominciando dalla scoperta del primo messaggio nel sacco postale a tutto il resto. Sul suo viso era rimasto il vecchio sorriso di sempre. Finalmente indicò il biglietto e la busta che avevamo trovato nella camera dell'Hilton fissandoli per l'ennesima volta.

«Il primo biglietto e la sua busta, Mark, sono ancora attaccati alla parete della famosa Torre del Successo?»

«C'erano ancora quando siamo partiti».

«Me li vuoi spedire?»

«Ma certo».

«Vorrei farli esaminare dal nostro laboratorio. Inoltre possiamo prendere le tue impronte e quelle di Louise?»

«Qualsiasi cosa tu suggerisci, Steve. Che cosa ne pensi? Dovresti aver avuto parecchie esperienze con questo tipo di cose».

«Francamente, ragazzi, non so cosa pensare. Mi è capitata qualche lettera di estorsione, ma questa è un'altra cosa. Non è facile da classificare. La corrispondenza di questo tipo è una cosa normale per la gente famosa. La ricevono i presidenti, le star del cinema e, ultimamente, anche parecchi personaggi dello sport. Di solito la si ignora; tu stesso hai detto che ne ricevi tanta, ma Louise ha toccato un tasto importante quando ha detto che può anche darsi che questo individuo possa seguirvi. Doveva essere nel New Hampshire a infilare nel sacco della posta quella busta priva di indirizzo e di francobollo; era a Phoenix a lasciarti il secondo messaggio alla reception; e probabilmente è stato nella tua camera all'Hilton ieri sera. Naturalmente, con tutta la pubblicità che ti viene fatta, soprattutto sul denaro che ti frutta questo libro, la prima possibilità che viene in mente è il rapimento. E i riferimenti in questi biglietti al tuo dover fare presto una sorta di scelta potrebbero proprio rivolgersi al tuo modo di affrontare la richiesta di un riscatto. Louise, ti prego di non allarmarti. Non penso che si abbia a che fare con un rapimento, di uno di voi o dei ragazzi. Non ricordo nessun caso in cui il rapitore abbia avvertito le sue vittime *prima* che l'atto fosse commesso. No... questo biglietto, e da quanto mi avete riferito sul contenuto degli altri due, sembra quasi provenire da un amico che cerca di *avvertirti* su qualcosa che ti deve ancora succedere».

«Un amico. Allora non credi molto alla teoria di Louise sul nome Absalom e sul messaggio che potrebbe esservi contenuto?»

Scrollò le spalle. «Sa un po' troppo di un vecchio indizio alla Ellery Queen, per i miei gusti. Non so. Potrebbe essere qualsiasi cosa. C'è della gente molto strana in giro. Alcuni mandano biglietti per San Valentino che esplodono, altri mandano pacchetti postali con dentro escrementi di cane, altri addirittura mettono l'LSD nelle caramelle che distribuiscono ai bambini la sera di Halloween».

Louise intervenì. «E i nostri ragazzi, Steve? Non voglio spaventarli inutilmente. Dobbiamo dirglielo? Dobbiamo procurarci una guardia del corpo, per l'amor del cielo? Dobbiamo nasconderci? Come dobbiamo comportarci?»

«Non farei niente per il momento», disse tenendo alzato per il bordo il biglietto bordato d'oro. «So che è facile a dirsi e difficile a farsi, ma io vi suggerirei di rimuoverlo interamente dalla testa e continuare a vivere la vostra vita. L'ultimo biglietto si conclude con la frase "Mi farò vivo presto". Qualsiasi decisione Mark debba prendere, gli verrà comunicata personalmente. Se succede, voglio che tu mi rintracci il più presto possibile».

Risi sforzatamente. «Se riesco...»

Continuò come se non mi avesse sentito. «Mettiti in contatto con me immediatamente. Se non ci sarò, sapranno dove rintracciarmi. Avete capito bene? E se il laboratorio fa nuove scoperte su questo e gli altri biglietti, ti chiamerò subito».

«Steve», chiesi «e la calligrafia? Non può significare niente?»

«Non credo proprio. La bella calligrafia è di moda, la usano tutti. Sheila sta giusto frequentando un corso per imparare a scrivere dei bei biglietti come questo, per firmare gli auguri di Natale con un tocco di classe. Oh, a proposito di firme...»

Aprì un cassetto della sua scrivania e tirò fuori una copia di *Un modo migliore di vivere*. «Vuoi fare il tuo autografo per Sheila e per me? Non ti dico quanto ci abbia aiutato a superare certi problemi personali che abbiamo avuto l'anno passato. Non immaginavo proprio che il mio vicino di casa che bruciava sempre le bistecche alla griglia e che non riusciva a piantare un chiodo nel muro, fosse tanto saggio e pieno di talento. Non si può mai sapere».

Scrissi una dedica a entrambi e poi gli resi il libro. Le nostre mani si sfiorarono per un momento e lui disse con comprensione: «Essere "Mr. Successo" può essere l'inferno, vero Mark?»

CAPITOLO XV

Nel passaggio tra la primavera e l'estate di quell'anno, la nostra casetta in cima alla collina diventò, su mia richiesta, un vero e proprio rifugio. David Coronet e quelli della Goliath Books, che si era assunta tutta la responsabilità per la promozione e la pubblicità di *Un modo migliore di vivere*, cooperavano magnificamente. Avevo chiesto a David di concedermi tre mesi tranquilli con la mia famiglia prima di iniziare la terribile sfacchinata di cinquanta giorni in giro per le strade, immaginando di aver bisogno di tutto quel tempo almeno per prepararmi mentalmente. Accettò riluttante, dopo aver tentato più volte di farmi cambiare idea, e quelli dell'ufficio stampa smisero presto di venire tutti i giorni alla Torre del Successo.

David mi informò inoltre che la ABC aveva firmato il contratto per riprendere il mio discorso allo Yankee Stadium il 28 di settembre: non avrebbe dovuto superare i ventotto minuti in quanto era previsto uno *special* di trenta minuti da trasmettere alle dieci e mezza di sera di quel martedì. Un numero impressionante di oratori motivazionali aveva già accettato di partecipare al programma che avrebbe preceduto la trasmissione del mio discorso e, quando udii i loro nomi, mi chiesi come avrei potuto seguire quei personaggi così celebri.

Incominciai subito a dedicarmi al difficile compito di condensare il contenuto di *Un modo migliore di vivere* in un discorso di meno di quattromila parole senza tralasciare nessuno dei suoi punti principali. Non fu una cosa semplice. Questa sintesi mi sarebbe tornata utile in seguito perché mi sarei portato dietro gli appunti in ogni città del tour, per ripassarli ogni mattina prima di affrontare la radio, la televisione e la stampa.

Louise e Glenn fecero di tutto per distrarmi dal conto alla rovescia fino all'11 di agosto, giorno fissato per l'inizio del giro promozionale, ma Todd riuscì a farlo scattare una mattina di fine aprile, a colazione. L'inizio degli allenamenti di Little League era previsto nel giro di tre settimane, e sebbene avessi deciso di non allenare nessuna squadra per via dei miei impegni, ero impaziente di vedere i progressi del mio piccolo atleta.

«Papà», disse allontanando la scodella dei cereali e aspettando di avere la mia totale attenzione, «quest'anno mi alleno nel ruolo di lanciatore».

«Todd, sei il migliore seconda base del campionato. Perché cambi ora, per l'amor del cielo?»

«Ho sempre desiderato fare il lanciatore, papà».

«Perché non me lo hai mai detto?»

«Perché...», esitò cercando la risposta nel palmo della mano destra, «perché giocavo nella tua squadra l'anno scorso, e non volevo che gli altri pensassero che... che...»

«Non volevi che gli altri pensassero che, siccome eri mio figlio ed io allenavo la squadra, ti avrei privilegiato assegnandoti il ruolo di lanciatore?»

Annuì con uno sguardo supplichevole nei suoi grandi occhi scuri. «Ma quest'anno non allenerai e io vorrei provare. Mi aiuterai?»

«Sai bene che lo farò. Cosa vuoi che faccia?»

«Vorrei esercitarmi con te, ogni pomeriggio. Ho ancora delle difficoltà con il controllo e vorrei che mi insegnassi tu».

«Parli sul serio?»

«Certo».

«Ti farò sudare parecchio. Dovrai allenarti più di quanto tu abbia mai fatto. Sei disposto a pagarne il prezzo?»

«Sì, papà. So che tutto ciò che vale non è facile nella vita».

Louise quasi si soffocò con il toast. «Dove l'hai imparato, Todd?»

«Sto leggendo il libro di papà».

Quello stesso giorno, mentre Todd era a scuola, mi recai nel più grosso negozio di articoli sportivi a Concord e feci molti acquisti. Prima ancora che fosse tornato a casa, avevo allestito un regolare monte di lancio vicino al faro.

I nostri allenamenti incominciarono subito. I primi giorni ci concentrammo esclusivamente sui suoi movimenti finché imparò a utilizzare tutto il corpo, anziché il solo braccio, per generare la velocità del lancio. Il suo controllo migliorava gradualmente e, nel giro di una settimana, era già in grado di fare cinquanta lanci al giorno.

Ogni giorno che passava, il mio cucciolo ambizioso faceva grandi progressi diventando anche più sicuro. La cosa più importante era che seguiva i miei consigli e si impegnava a correggere qualsiasi errore gli facessi notare. Il tempo che trascorrevamo insieme, tutti i pomeriggi, diventò il momento più importante della mia giornata dopo il lavoro che dedicavo al mio discorso ogni mattina al faro. Ero tornato ad avere dodici anni condividendo con Todd i viaggi fantastici nel glorioso mondo del baseball, gli stessi indimenticabili viaggi che una volta avevo fatto con mio padre.

«Avanti, campione!», urlavo da dietro il piatto alzando il guantone. «Siamo al settimo *game* del campionato mondiale. Sei in vantaggio di un punto e sei appena entrato in campo per affrontare Reggie Jackson. Vediamo come te la cavi!»

Todd aspettava con sguardo minaccioso il mio segnale, si sistemava il cappellino blu del Los Angeles Dodger iniziando poi il movimento di lancio, prima indietro e poi fuoco.

«Primo *strike*!»

«Secondo *strike*!»

«Prima *ball*».

«Deluso, si girava con gli occhi rivolti al campo immaginario. Alla fine tornava al posto di lancio, si piegava, portava le braccia prima indietro, poi sopra la testa e... bang!»

«Terzo *strike*!»

Lanciai in aria il guantone e corsi al monte di lancio per abbracciare e congratularmi con il nostro campione.

«Te l'avevo detto che sarei stato capace di fare il lanciatore, papà!» urlò buttandosi tra le mie braccia e baciandomi, un atteggiamento piuttosto insolito da vedersi allo stadio di Anaheim o al Dodger. «Grazie per avermi aiutato. Ti voglio bene!»

«Anch'io, tesoro, e sono molto fiero di te. Sono certo che ce la farai».

Queste occasioni mi convincevano sempre più che la migliore eredità che possiamo lasciare ai nostri figli siano i ricordi felici: quei momenti preziosi che assomigliano tanto ai sassolini che raccogliamo sulla spiaggia e poi chiudiamo in una scatolina che viene dimenticata su di un alto scaffale finché un giorno non la riapriamo e il tempo si ripete, con gioia e dolce tristezza, nel bambino ormai adulto. Todd avrebbe ricordato quei nostri felici pomeriggi trascorsi insieme, forse vent'anni dopo, quando suo figlio gli avrebbe lanciato la sua prima palla da baseball? I ricordi sono il modo migliore per conservare l'amore.

Spesso, durante i nostri allenamenti, Louise usciva di casa per applaudire ai suoi due giocatori di baseball. Un giorno, dopo aver finito, Todd andò a farsi un giro in bicicletta con mazza e guantone, mentre noi due ci rilassavamo su una panchina all'ombra del faro.

«Sei senza fiato, allenatore», incominciò.

«Lo saresti anche tu dopo esserti accovacciato per cinquanta volte cercando intanto di proteggerti da un oggetto piccolo e duro diretto sulla tua testa a più di cinquanta miglia all'ora».

Rise appoggiando la testa sulla mia spalla bagnata. Louise e io ci sentivamo ancora più vicini, se la cosa era possibile, via via che la data della partenza si faceva più prossima. Dopo un silenzio di parecchi minuti mi chiese: «Mark, chi è Alexander Anthony? Mi sembra di conoscere il nome, ma ho un vuoto di memoria».

«Perché mi chiedi di Anthony?»

«Prima rispondimi e poi ti dirò perché».

«Okay, Alexander Anthony era un corrispondente di guerra durante la seconda guerra mondiale. Dopo la guerra scrisse un bestseller intitolato *Come conquistare la vita* che diventò un classico sul successo. Se mai mi chiedessero di giudicare il migliore libro motivazionale, sceglierei il suo. Non scrisse nient'altro».

«Che sciocca! Ma certo, lo citi spesso nei tuoi discorsi e c'è una sezione nel tuo libro dedicata ai suoi princìpi, vero?»

«Sì. Anthony è anche un uomo misterioso. Dopo il grande successo che ricevette dal libro, sparì improvvisamente e non si seppe più nulla di lui. Furono scritti centinaia di articoli sulla sua strana scomparsa finché il pubblico si dimenticò del tutto di lui. Se fosse ancora vivo, dovrebbe avere più di settant'anni...»

«Credo che sia ancora vivo, Mark», disse Louise porgendomi una cartolina. «Era nella posta di oggi».

La piccola calligrafia era tremolante ma leggibile. Lo scrittore diceva di ammirare il mio libro e di apprezzare le belle cose che avevo scritto su di lui. Sarebbe stato felice di incontrarmi. Abitava a sole venti miglia di distanza, a Stoddard, e sarei potuto andare da lui quando volevo perché era sempre a casa. Seguivano le indicazioni per arrivarci. La cartolina era firmata *Alexander Anthony*.

«Non posso crederci, Louise. È come ricevere un messaggio da una tomba. L'unica persona al mondo con la quale più avrei voluto parlare e che ero certo fosse morta da tempo, mi ha appena invitato a casa sua. Perché proprio io? Dov'è stato tutti questi anni? Il suo libro ha cambiato la vita a moltissima gente, e continua a cambiarla tuttora. Forse si tratta di uno scherzo. Un altro pazzo che si diverte con noi».

«Non credo, Mark. Ho la netta impressione che la sua cartolina sia autentica e che, grazie al tuo libro, lui abbia trovato in te un'anima gemella a cui confidarsi. Che ti piaccia o no, tutti sono attratti da te perché sei stato capace di toccarli profondamente con le tue parole. Non hai via di scampo. Un giorno o l'altro dovrai affrontare pure il misterioso A. B. Salom, chiunque egli sia. Ma per ora Alexander Anthony sembra che ci tenga davvero a conoscerti. Se il suo libro e le sue parole sono state tanto importanti per te, non hai scelta. Quando andrai a trovarlo?»

«Domani», promisi.

CAPITOLO XVI

Le indicazioni sulla cartolina erano perfette. Una volta immesso sulla Route 123 che si snodava nel piccolo villaggio di Stoddard, riuscii ad individuare la stradina sterrata dal pittoresco nome di Birch Point Lane. Dopo mezzo miglio svoltai a destra nell'unico passaggio consentito attraverso la fitta boscaglia che fiancheggiava la strada e seguii il sentiero coperto da aghi di pino fino ad una vecchia casetta di legno poco lontana dalla riva di un laghetto chiamato Island Pond.

Vicino al portico un uomo alto, magro e con la barba – tra due mucchi di legna tagliata – si chinava sul manico dell'ascia seguendo con lo sguardo la mia Jeep in arrivo. Quindi abbandonò l'ascia a terra e si avvicinò zoppicando pulendosi le mani sui jeans sbiaditi e sulla camicia di flanella.

Mi raggiunse con le braccia aperte: «Lei non può essere altri che il famoso Mark Christopher! Le do il benvenuto nella mia umile casa».

Pensavo di essermi preparato mentalmente a sufficienza, durante il mio tragitto da Jaffrey, al momento in cui avrei conosciuto Alexander Anthony in persona, ma ora che gli stavo veramente stringendo la mano, ci vollero parecchi minuti prima che mi riprendessi.

«Signore», dissi finalmente, «non so dirle che onore... e che sorpresa sia per me... Ero davvero convinto che lei fosse morto».

Le sue labbra, appena visibili dietro la barba bianca, accennarono un sorriso. «Ci sono molti modi di morire, signor Christopher, molti modi. Ma ora, si accomodi pure dentro casa».

Il vecchio signore mi condusse attraverso la piccola cucina, con il pavimento di linoleum consumato, una vecchia stufa nera, un tavolo rotondo con una tovaglia cerata sbiadita, due sedie e un lavello pieno di piatti. In salotto, come lui lo definiva, le pareti erano rivestite di assi di pino; sul pavimento di legno vi era steso un tappeto logoro con sopra un fragile tavolino che a fatica sosteneva una montagna di giornali e di riviste. In fondo c'era anche un grande camino di pietra: del tutto fuori luogo in quell'ambiente piuttosto squallido. E poi libri dappertutto, libri accumulati disordinatamente, alcuni in pigne alte quasi fino a toccare il soffitto.

Bevvi un sorso di sidro freddo, cercando in tutti i modi le parole adatte per nascondere il mio imbarazzo nel trovare l'eroe della mia vita in un ambiente così povero. Non fu necessario. Sedendomisi di fronte sul divano, Alexander Anthony non aveva alcuna intenzione di scusarsi per la condizione della sua casa. Avvicinò invece il bicchiere al mio dicendo: «Un saluto al suo splendido libro e al suo famoso ideatore! Dovrebbe esserne fiero».

«Lo sono, ma devo molto anche a lei, che mi ha

guidato negli anni difficili, ma anche in quelli migliori della mia vita. Mi sto infatti rendendo conto che i momenti più belli possono richiedere lo stesso sforzo di quelli peggiori. Non so cosa ne sarebbe stato di me se non avessi seguito i suoi princìpi. Lei mi ha insegnato come affrontare il mondo e, cosa più importante, come affrontare me stesso».

Il vecchio signore abbassò gli occhi. «È molto gentile da parte sua. Dopo tanti anni è piacevole sentire ancora queste parole. Temo che la vanità sia una malattia quasi incurabile. Ma Mark, se così posso chiamarla, in tutti questi anni ho potuto riflettere a fondo sulla mia unica fatica letteraria, e sono appena giunto alla conclusione che le opere come le nostre – diciamo pure sul successo – non meritano il clamore che spesso viene a loro riservato. Sono una moda passeggera: non lasciano una impronta permanente sull'umanità. I nostri libri, con il loro messaggio di speranza e di incoraggiamento, hanno lo stesso effetto di un'aspirina per un mal di testa che non passa mai».

«Con tutto il rispetto, non posso essere d'accordo con lei. Nel corso di quest'ultimo anno ho ricevuto migliaia di lettere...»

«Ah sì, le lettere. Le ricordo bene. Mi perdoni, ma credo che l'impatto del suo libro sui lettori sia durato solo un giorno, una settimana o un mese. Le scrivono quando sono al massimo dell'euforia e le sue idee sono ancora fresche nella loro mente. Al momento potrà anche averli convinti che possono essere migliori di quanto credano. Ma quest'illusione difficilmente supera un nuovo fallimento e presto si rassegnano al fatto di non poter diventare cavalli da corsa, ma di dover continuare a fare i cavalli da soma per il resto dei loro giorni, per sopravvivere».

Incominciai a rispondere ma lui continuò. «Dopo tutto, Mark, il destino dei libri come il nostro è quello di finire dimenticati su scaffali impolverati, mentre i loro proprietari conducono quella che Thoreau giustamente definiva "una vita di calma disperazione". Rinunciano a se stessi, smettono di provare. E perché dunque aspettarsi di più dall'uomo? Dopo tutto, abbiamo avuto tra le mani – per migliaia di anni – il più grande libro di istruzioni in assoluto e ancora ci comportiamo più da animali che da angeli».

Indicò il giornale sul tavolino. «Anche adesso, mentre parliamo, la gente si uccide in Afghanistan, in Iran, in Iraq, in Irlanda del Nord, in Cambogia, in Namibia, nel Chad, in Guatemala, nel Libano, in El Salvador e in Etiopia, per non menzionare tutti gli altri terribili crimini che accadono ogni giorno e in tutte le città del mondo. Ci inganniamo a vicenda. Ci scavalchiamo a vicenda nella corsa al potere, alla ricchezza e al successo. A che scopo elencare una lunga serie di princìpi sul successo, capaci di garantire una vita migliore a chi è disposto a seguirli, se la gente non è nemmeno in grado di obbedire a dieci semplici comandamenti? Perché tentare di salvare l'uomo quando forse non ne vale poi tanto la pena?»

Non potevo credere alle mie orecchie. Sentirmi dire da Dale Carnegie di insultare tutte le persone che incontro o da Norman Vincent Peale di considerare i benefici del pensiero negativo, non avrebbe avuto lo stesso effetto scioccante. Cosa era successo al mio idolo? Erano stati i lunghi anni trascorsi in solitudine ad averlo tanto trasformato o forse mi stava solo provocando, recitando la parte dell'avvocato del diavolo – con la sua dura condanna dell'uomo – per mettere alla prova la mia sincerità? Ad ogni modo, dovevo dire qualcosa. Nel mio interesse, perché nel giro di poche settimane avrei dovuto difendermi da simili argomenti.

Svuotai il mio bicchiere di sidro prima di rispondere. «Alex, non so se valga la pena salvare l'umanità e, per fortuna, non devo prendere io da solo questa decisione. Tuttavia sono convinto che valga sicuramente la pena almeno tentare. Per ogni assassino che c'è in giro esiste almeno un individuo che ha dato la sua vita per un altro, spesso per un estraneo. Per ogni ladro posso mostrarle un migliaio di persone che, se pur affamate, non ruberebbero una fetta di pane. Possediamo tutti un ingrediente molto speciale. Non lo abbiamo mai visto, né toccato, non siamo mai riusciti a localizzarlo. Ma è lì, dentro di noi, e sono convinto che ci è stato dato da Dio. Negli anni l'abbiamo chiamato in tanti modi diversi – anima, spirito, luce – ma la cosa più importante è rendersi conto di averlo: un dono speciale, un dono di Dio. Il problema sta nel fatto che questa forza misteriosa spesso si è come assopita nella maggior parte degli esseri umani e, generalmente, non per colpa loro. C'è un mondo molto duro, là fuori, e molti di noi non sanno come affrontarlo, soprattutto dopo essere stati sconfitti più volte. Quanti fallimenti riusciamo ad assorbire prima di arrenderci? Quante volte un bambino può sentirsi dire, da un genitore o da un insegnante, che non riuscirà mai nella vita, prima di accettare quel verdetto e poi avverarlo? Mentre invece quel qualcosa di speciale, di invisibile dentro ciascuno di noi, è ciò che ci impedisce di perdere la speranza finché siamo in vita. I libri come il suo e il mio hanno lo scopo di risvegliare lo spirito dal letargo in cui è caduto. Noi apriamo la cella a milioni di persone che si sono rassegnate a una vita che vita non è affatto. No, Alex, non possiamo certo salvarli tutti: dunque perché deludersi per un piccolo risultato? Non ci resta che provare. Che importa se possiamo salvare anche solo una persona dalla disperazione e aiutarla a fare tutto il possibile? Non è già una bella ricompensa? Per me lo è».

Le rughe intorno ai suoi occhi azzurri sembravano rilassarsi. «Grazie. Avevo solo bisogno di sentirglielo dire. Lei è buono, Mark, e le chiedo scusa per averla provocata a parlare dal cuore. Se questo la può aiutare, anch'io la penso esattamente come lei. L'uomo affonda le sue radici nel terreno, ma non c'è essere umano al mondo che non possa arrivare, con le sue stesse dita, al punto più alto dell'arcobaleno di Dio. Lei ed io, amico mio, abbiamo solo cercato di mostrare a questa gente il modo. Il resto sta solo a loro».

Discutemmo di molte cose nelle ore che seguirono: di amore, di speranza, della morte, del successo, dei figli, dell'ambizione, degli autori, persino di politica. Solo prima di sera – quando i raggi del tramonto dalle placide acque del laghetto si riflettevano ormai sul soffitto della stanza – trovai finalmente il coraggio di chiedergli ciò che avevamo evitato fin dal primo momento.

«Signor Anthony... Alex... che cosa le è successo? Aveva tutto: la fama, il denaro, un pubblico che l'ammirava, il successo. Aveva il mondo nelle sue mani. Recava un messaggio di speranza a un mondo che ancora si leccava le ferite della più terribile delle guerre, poi, improvvisamente, scomparve. Perché? Perché ha voluto gettare tutto all'aria?»

Sospirò tirandosi nervosamente le dita. «Domanda difficile, Mark. E le risposte lo sono ancora di più. Ma sono stato io ad invitarla qui, non è vero?»

«Mi dispiace. Se non vuole parlarne, la capisco. Il fatto è che dovevo proprio chiederglielo, sentendomi tanto vicino a lei, dopo tutti questi anni».

«No, lei è stato gentile ad accettare il mio invito e dunque sento di doverle una spiegazione, anche se non ne ho parlato mai a nessuno negli ultimi trentacinque anni».

Con gli occhi fissi sulle deboli strisce di luce, inspirò profondamente e disse: «Non ho gettato tutto all'aria, Mark, ma tutto mi è scivolato via dalle mani per colpa della mia stupidità. Andavo in giro a insegnare come affrontare la vita e come vincere, senza invece sapere come gestire il mio stesso successo».

«Cosa è accaduto?»

«Marge e io ci sposammo ai tempi della depressione, nel 1934, quando ancora ero cronista alla Associated Press. Un anno dopo nacque un bellissimo bambino che, per accontentare Marge, chiamammo Alexander. Abitavamo a Syracuse quando la guerra scoppiò. Fui trasferito in Europa rimanendo lontano dalla mia famiglia per quasi tre anni. Tornai a casa da una moglie splendida e coraggiosa, che da sola era riuscita a mandare avanti le cose, e da un ragazzino di dieci anni che quasi non riconoscevo più. Le cose però migliorarono: il baseball ci riunì. Alex era riuscito a farsi ammettere da una squadra nel ruolo di lanciatore e così incominciammo ad allenarci insieme tutti i giorni».

Sorrisi. «Mi suona familiare. Todd, mio figlio minore, e io, il pomeriggio, facciamo la stessa cosa».

«Furono i giorni migliori della mia vita, Mark».

«Lo sono anche per me».

«Scrivevo *Come conquistare la vita* di sera e nei week-end basandomi sugli incredibili atti di coraggio e volontà di sopravvivenza che avevo visto tra i tanti uomini in battaglia. Lo vendetti al primo editore a cui lo avevo spedito e subito diventò un successo, cambiando completamente la mia vita. Anche se si era ben lontani dal tipo di promozione che si fa oggi alla radio e alla televisione, divenni subito una celebrità. Feci addirittura il giro del paese per partecipare alle produzioni cinematografiche, rilasciare autografi nei migliori negozi e interviste ai giornalisti della radio e della stampa. Fu una cosa eccezionale, soprattutto per la reazione del pubblico. Molti mi afferravano la mano per baciarla, ringraziandomi con le lacrime agli occhi per aver dato un senso alla loro vita. Era troppo per un semplice ragazzo di campagna. E le donne! Riuscii a resistere alle loro lusinghe per molto tempo, ma poi, a lungo andare, cedetti. Con la famiglia lontana e tutte quelle donne così belle e desiderose di conoscere un autore famoso... dimenticai del tutto mia moglie e mio figlio. Incominciai persino a bere. E siccome mi ripetevano tutti che ero più grande della vita, ero convinto di saperla affrontare. Finché mia moglie venne a San Francisco per farmi una sorpresa e festeggiare il nostro anniversario di matrimonio e mi trovò in compagnia di una giovane attrice al Fairmont Hotel. Marge chiese subito il divorzio, con molta discrezione, e naturalmente le fu concessa la custodia di Alex».

«È mai arrivato tutto questo ai giornali?»

«No, ma sicuramente costò parecchio al mio editore che cercava solo di proteggere il suo investimento. La notizia di un divorzio per quel motivo, a quei tempi, avrebbe compromesso la vendita del libro. Non mi bastò uno scandalo per distruggere tutto il bene che avevo compiuto. Continuai a rovinare me stesso. Non potevo accettare il divorzio, la perdita di Marge e di Alex, soprattutto perché in cuor mio sapevo che non meritavo di far parte della loro vita dopo il modo in cui avevo tradito l'amore e la fiducia che provavano per me. La caduta fu svelta e definitiva. La notte mi ubriacavo spesso, persi quasi la vita nei bar in un paio di risse e gradualmente mi isolai dal mondo che era stato tanto generoso con me. Non pubblicai più niente.

Come avrei potuto? L'uomo che aveva scritto *Come conquistare la vita* si era fatto conquistare dalla vita. Dalla cima del successo era caduto molto in basso. È da allora che me ne sto pentendo amaramente. Vede, Mark, Alexander Anthony non è scomparso, è solo affogato nell'umiliazione».

Mi avvicinai a lui afferrandogli le mani tremanti. «C'è nessuno da queste parti che sa chi sia lei?»

Negò con la testa, sembrando più un bambino smarrito che un vecchio disperato.

«Non c'è proprio nessuno che un tempo la conosceva che sa che è vivo e che sta bene? Il suo editore?»

«No».

«Le dovranno una fortuna in diritti d'autore. Il suo libro si vende ancora bene».

«Non posso accettare quel denaro. Non me lo merito».

«Questa casa. È sua?»

«È tutta mia. L'ho comprata per poco, anni fa».

«Si deve gelare qui d'inverno. Non mi sembra che sia ben isolata».

«Beh, fa un po' freddino, ma ci sopravvivo».

«E come si mantiene, dato che forse non percepisce neanche la pensione?»

«Con dei lavori occasionali».

«Alex, non ha più visto sua moglie e suo figlio?»

«No. Ho saputo che Marge si è risposata...»

«E suo figlio?»

Chiuse gli occhi. «Alex è morto in Corea nel 1953».

Si alzò, andò verso il camino, prese un oggetto dalla mensola e me lo mise tra le mani. «È tutto ciò che ho di mio figlio. È la cosa più preziosa che possego, ancora più della mia vita».

Era una palla da baseball su cui era scritto *Al mio papà, CON AMORE, Alex*. La parola AMORE, in stampatello, occupava quasi tutto un lato della bianca sfera di pelle.

«È la palla che mi regalò dopo la sua prima vittoria da lanciatore. Mi disse che la meritavo per tutte le ore che gli avevo dedicato. Avevo assistito a quella partita che ricordo ancora perfettamente. Ho voluto conservare questa palla nella valigia, finché la vita non mi crollò addosso, altrimenti ora non avrei altro...»

Le ombre degli alberi si confondevano nel crepuscolo e una leggera nebbiolina galleggiava sul laghetto, quando mi riaccompagnò alla macchina. Improvvisamente si fermò, mi prese il braccio e chiese: «Mark, conosce la "pianta del secolo" che cresce nel sud-ovest?»

«Certo, ne abbiamo viste parecchie in Arizona a gennaio, con quelle foglie bluastre, allungate e dentellate, che spuntano da una base piccola».

«Esattamente. Viene chiamata così perché si pensa che viva per almeno cent'anni, ma è molto raro. Cresce lentamente per forse dieci, venti o anche cinquant'anni finché un giorno, all'improvviso, butta fuori uno stelo che può raggiungere i sei metri di altezza in meno di un mese. Quindi, dalla cima dello stelo, incomincia un'esplosione di fiorellini gialli che durano una settimana o forse più e che dominano ogni altra creatura del deserto».

Era quasi buio, ma sentivo lo sguardo del vecchio fisso su di me. La presa della sua mano si fece più stretta. «Sa cosa succede dopo, Mark?»

«No».

«I fiori vengono spazzati via dal vento, l'alto stelo si secca rapidamente e cade a terra e la pianta, dopo quel suo brevissimo, unico momento di gloria, raggrinzisce e muore: una triste ma accurata metafora di molti di noi che raggiungono un grande successo. Le stelle del cinema, gli scrittori, i grandi nomi dello sport, persino i politici: tutta gente che quasi all'improvviso irrompe sulla scena mondiale e con la stessa rapidità crolla al suolo. Io ero una "pianta del secolo", Mark, e ho trascorso oltre metà della mia vita a cercare di convincermi che, come la pianta vera, non avevo il controllo del mio destino».

Il ritorno a casa sembrò molto lungo. Due domande mi tormentavano la mente. Per quale vero motivo mi aveva chiesto di andarlo a visitare e perché aveva voluto raccontarmi della "pianta del secolo"?

Dormii molto poco quella notte.

CAPITOLO XVII

Il mattino del 10 agosto, dopo un viaggio assonnato da Jaffrey, salutai la mia famiglia all'aeroporto Logan di Boston. Dopo molti abbracci, baci e qualche lacrima, i tre si strinsero tra loro quando sollevai la valigia e superai l'ingresso delle partenze. Mi sembrò di sentire Louise chiamarmi per nome. Mi fermai e guardai indietro. Todd e Glenn avevano il braccio al collo della mamma e mi salutavano urlando in coro «In bocca al lupo!» Avrei cancellato volentieri il mio tour sui due piedi.

L'ufficio stampa della Goliath Books aveva programmato il viaggio con tutta la precisione e il tempismo di un lancio spaziale. In volo per Seattle, la mia prima tappa, ripassai il contenuto di una busta blu che mi avevano fatto avere: ventisei biglietti aerei, più l'itinerario di tutti i quarantotto giorni, New York compresa. A partire dalla costa occidentale, dopo Seattle sarei andato a Portland, poi a San Francisco, Los Angeles, San Diego, quindi a Phoenix, a nord fino a Salt Lake City, a est fino a Denver, a sud fino ad Albuquerque e poi giù fino a Dallas-Fort Worth e Houston, quindi a nord in altre sedici città, terminando a New York City il 27 e 28 settembre. In ogni città venni intervistato da persone ottime, la maggior parte molto gentili, che mi fecero domande sulla vita, sul successo e sui metodi per riuscire in un mondo così ossessionato dalle cose materiali. Ci furono anche alcuni che cercarono di tutto per farmi apparire uno stupido – per di più ricco, come facevano subito notare – o un imbroglione che aveva scritto un libro, non per aiutare l'umanità, ma per fare un sacco di soldi. Oltre a controllarmi, cercavo di rispondere in maniera appropriata, ma scoprii presto che non era necessario, soprattutto nei programmi che mandavano in onda le telefonate degli ascoltatori. Ogni volta che venivo attaccato dal conduttore, interveniva subito il mio pubblico a difendermi. Ricordo soprattutto i volti della gente nelle librerie, pieni di speranza e determinazione, di rispetto e ammirazione, mentre firmavo le copie di *Un modo migliore di vivere* per loro o per una persona cara.

Le prime due settimane persi quasi sei chili e, nonostante i giorni si facessero sempre più lunghi e il mio livello di energia calasse progressivamente, ogni sera venivo incoraggiato dalla telefonata che facevo a Louise e ai ragazzi. Li chiamavo a qualsiasi ora mi capitasse di rientrare.

A metà del giro promozionale una sera telefonai a casa da St. Louis. La voce con cui Louise rispose era più contenta del solito. «Mark, Todd deve darti una grande notizia. È stato sulle spine tutta la sera aspettando la tua telefonata. Ecco, te lo passo subito».

«Papà?»

«Sì, figliolo».

«Ricordi cosa ti ho detto, un paio di mesi fa, quando mi insegnavi a lanciare in giardino?»

«Beh... Todd, abbiamo parlato di così tante cose. Aiutami un po'».

«Ricordi quando ti dissi che solo per te quest'anno sarei riuscito a eliminare il battitore?»

«Non mi dirai che...»

«Ce l'ho fatta, papà! Ce l'ho fatta! Oggi!»

«Incredibile! Congratulazioni figliolo! Sono così fiero di te. Con questa notizia hai trasformato la mia giornata e il viaggio di oggi. Mi dispiace tanto non essere stato lì a vederti. Mi manchi molto».

«Mi manchi molto anche tu, papà. Ci vediamo presto. Ti ripasso la mamma».

Aspettai. Louise non arrivò subito al telefono.

«Louise? Louise, ci sei?»

«Sono qui, tesoro. Aspettavo solo che Todd non sentisse. Devo dirti una cosa...»

«Che cosa? Cosa è successo?»

«Oggi, alla fine della partita, l'allenatore Murphy ha premiato Todd. Per tutto il tragitto fino a casa mi è rimasto seduto accanto in macchina, con la palla nel guantone, senza dire una parola. Alla fine gli ho chiesto perché era tanto triste dopo una partita così bella e lui ha cominciato a piangere e a dirmi che non significava poi molto perché il suo papà non l'aveva vista».

«Oh Dio...»

«Sai che cosa c'è sul tuo comodino stasera?»

«Che cosa?»

«Una palla da baseball. La palla della partita.

L'ha autografata quando è ritornato a casa. C'è scritto "*A papà. CON AMORE, Todd*" e la parola "AMORE" è grandissima, scritta in stampatello!»

CAPITOLO XVIII

I due giorni a Memphis furono divertenti e produttivi: ottime interviste e librerie affollate di gente. In più una telefonata di David Coronet che mi informò che avevamo venduto già più di sette milioni di copie nel giro di cinque settimane, un vero record. Un'altra buona notizia che era certo mi avrebbe fatto piacere era che *Un modo Migliore di vivere*, sull'ultimo numero di *Publishers Weekly*, aveva raggiunto i primi posti della classifica dei bestseller tascabili, mentre l'edizione rilegata si manteneva stabile nella classifica dei libri più venduti, cosa mai accaduta prima ad un libro.

Dopo un abbraccio alla rappresentante della Goliath Books di Memphis, Marcia Bechtol, per ringraziarla di essere stata un così perfetto angelo custode nelle ultime quarantotto ore, mi imbarcai sul volo 1774 della Delta Airlines poco dopo le nove di sera. L'ora di arrivo ad Atlanta, la mia prossima tappa, era prevista alle 23, 26, ma ormai l'intenso programma non mi preoccupava più molto. Mi ero abituato alla routine del viaggio, spronato anche dal fatto che dopo Atlanta avrei dovuto visitare solo altre sette città e che mancavano due settimane al mio ritorno a casa.

«Sembra proprio che l'avremo tutta per noi, signore», osservò sorridente l'assistente di volo prendendomi la giacca e mostrandomi i posti vuoti della prima classe. «Desidera qualcosa prima del decollo?»

Scossi la testa, grato del fatto che non mi avesse riconosciuto. Dopo aver rilasciato autografi in cinque librerie quel giorno, avevo proprio esaurito la mia dose di conversazione.

Dovevo essermi assopito subito. Mi risvegliai solo quando i motori si accesero e l'aereo incominciò a portarsi sulla pista di decollo. Ora avevo qualcuno al mio fianco. Qualcuno eccome! Alexander Anthony si sistemò con cura la giacca di pelle bianca sotto la cintura di sicurezza prima di voltarsi verso di me e porgermi la mano. «Mark, è un piacere incontrarla ancora. La trovo bene. Sembra che il tour le faccia proprio bene».

Cosa potevo dire? Era l'ultima persona che mi aspettavo di incontrare su un volo notturno per Atlanta, o per qualsiasi altro posto. Mentre cercavo di raccogliere le idee, l'aereo accelerò lungo la pista, accompagnato dal rombare dei motori, portandoci presto in aria. Osservavo silenzioso il vecchio signore che mi diede, sorridendo, una pacca sulla gamba. «Spero che non le dispiaccia avermi vicino, soprattutto visto che abbiamo entrambi le gambe lunghe. Deve essere molto stanco e con tutti questi posti vuoti intorno sono sicuro che mi permetteranno di spostarmi per lasciarla riposare più comodo».

«Dispiacere? Certo che no, Alex. Sono felice di

rivederla. Sto solo cercando di riprendermi dallo shock di svegliarmi e trovarla seduta accanto a me. Che cosa faceva a Memphis? Era in visita da amici? Credevo che nessuno sapesse di lei, o forse viaggia in incognito?»

Ridacchiò. «In incognito? Sì, sì. A volte devo ricorrere a qualche espediente per via dei lavori occasionali che mi vengono assegnati. Infatti ora sono qui con lei per dovere».

Annuii. Almeno potevo scherzare un po'. «E suppongo anche che usi un altro nome per questo incarico?»

Fece cenno di sì.

«Le dispiace dirmelo?»

«Salom», sussurrò. «A. B. Salom».

Nella luce soffusa dell'aereo riuscivo a vedere i suoi occhi azzurri studiare il mio volto, cercare di leggere la mia reazione alle sue parole. Il cuore mi batteva forte mentre slacciavo la cintura di sicurezza e allungavo le gambe.

«Lei?», esclamai con una voce che non riconoscevo neanche come mia. «Lei!»

Non disse niente.

«È lei il pazzo che mi mandava quegli strani messaggi che ci hanno tanto tormentato? E lei non è Alexander Anthony?»

«Mark, io *sono* Alexander Anthony. Con quei biglietti cercavo semplicemente di avvertirla di quanto sarebbe accaduto, certo che sarebbe stato in grado di interpretare il loro significato, soprattutto firmandoli A. B. Salom».

Ora cercavo in tutti i modi di mantenere la calma. «Che significato? La prego, non sono bravo a risolvere enigmi!»

«Assalonne. Il figlio di Davide. La sua morte in battaglia e la reazione del padre a quella tragica fine. Davide urlò: "Figlio mio, figlio mio... fossi morto io invece di te"».

«Alex, non riesco a capire dove vuole arrivare. E mi rifiuto di credere che una persona della sua intelligenza possa ricorrere a un passatempo tanto infelice. Non può essere stato lei il mittente di quegli strani messaggi».

Il vecchio sospirò, alzò le spalle, si portò in avanti ed estrasse dalla tasca del sedile di fronte la rivista della Delta Airlines. Quindi tirò fuori una penna stilografica dalla tasca interna della giacca, la aprì lentamente, scrisse qualcosa sulla copertina della rivista e me la porse. Il mio stomaco quasi si rivoltò. Vi era scritto il mio nome, con la stessa calligrafia dei tre biglietti che avevamo ricevuto. Improvvisamente provai la stessa sensazione di quando sono seduto dal dentista. Quel sentirmi inutile, in trappola, impotente. Non potevo arrendermi senza reagire.

«Alex, quel suo invito a visitarla a Stoddard?»

«Sì?»

«Perché non ha usato la stessa carta e busta degli altri biglietti e perché non ha usato la stessa calligrafia e non ha firmato come aveva fatto con gli altri, A. B. Salom?»

«Perché se lo avessi fatto avrebbe contattato il suo amico dell'FBI a Boston. Lui avrebbe insistito ad accompagnarla complicando le cose».

«Ma come... come faceva a sapere di lui? Solo Louise...»

«Non mi sfidi. Lo so. Lo accetti. Volevo che lei mi visitasse da solo, a Stoddard, perché mi era stato affidato un messaggio importante da riferirle. Sono questi i lavori occasionali che svolgo, di tanto in tanto. Sono solo un messaggero. Ma quel giorno non me la sono sentita proprio di farlo. È la prima volta che commetto un guaio del genere».

Per quanto desiderassi sentire quel messaggio, dovevo ancora interrogarlo. «Alex, quanti biglietti ha mandato?»

«Tre».

«Come ha recapitato il primo?»

«L'ho fatto scivolare in un sacco postale che le fu recapitato a Jaffrey insieme ad altra corrispondenza».

«E nessuno l'ha vista?»

«Nessuno mi vede, a meno che non lo voglia io».

«Il secondo biglietto?»

«Lo lasciai alla reception dell'Arizona Biltmore a Phoenix. Ci mancò poco che la mancassi quella volta».

«Il terzo?»

«Lo sistemai nella sua camera all'Hilton di New York insieme a una cesta di frutta».

«Era nel salone dell'Hilton quella sera? Mi ha sentito parlare?»

«Uno splendido omaggio alla sua cara mamma. Sì, la sentii».

«Bene, se mi era tanto vicino a Jaffrey, a Phoenix e a New York, perché disturbarmi con messaggi scritti? Perché non è semplicemente venuto a dirmi tutto di persona?»

«Perché non era ancora il momento. È tutto programmato. I biglietti sono stati una mia idea e sono già stato severamente rimproverato per averli spediti. Speravo che le avrebbero aperto un po' gli occhi, preparandola in qualche modo, soprattutto con il riferimento ad Assalonne».

«Mia moglie ci è andata molto vicino. Ma ancora non capisco. Sono molto stanco, Alex, e non sono poi così sicuro che ad Atlanta non ci sia la polizia ad attenderla con la camicia di forza».

Bevve il caffè in un sorso e accartocciò il bicchierino di plastica infilandolo nella tasca del sedile anteriore.

«Mark, la prego. Non sono matto e questo non è un gioco. Ho solo un messaggio per lei. Ne riferisco tanti ogni anno. Ho esitato quando lei era a casa mia a Stoddard, ma questa volta non fallirò».

«Okay, dica tutto».

«Figliolo, so quanto lei ami la sua famiglia. Il mio triste incarico è quello di informarla che uno di loro non sopravviverà a quest'anno».

Mi mancava il respiro. «Nel nome di Dio, come... come fa a saperlo?»

«Proprio così».

«Cosa?»

«Lo so perché questo messaggio è nel nome di Dio».

«Alex, Alex», brontolai. «Si aspetta che io possa credere che lei sia una sorta di angelo e che mi porta un messaggio da lassù? Temo proprio che abbia vissuto da solo, con tutti i suoi pensieri e rimpianti, troppo a lungo. Credo che abbia bisogno di aiuto. Quando arriviamo ad Atlanta vedrò cosa posso fare...»

«Mark, caro amico, ho perduto tutto il bisogno di aiuto molto tempo fa. Lei deve credermi, deve accettare il mio messaggio come un dato di fatto».

«Qualcuno della mia famiglia sta per morire?»

«Prima dell'inizio del nuovo anno. È già scritto lassù in cielo», rispose con il dito puntato in alto.

Chiusi gli occhi, indeciso se chiamare o no la hostess. Decisi di no. Era meglio continuare. Volevo sapere. «D'accordo, chi?»

«Tuo figlio minore, Todd».

Guardai fuori dal finestrino nella notte senza nuvole. La luna piena si rifletteva sull'alluminio dell'ala appena fuori. Senza neanche girarmi verso di lui, gli chiesi: «Si sa come morirà mio figlio?»

«Si sa», sospirò «ma io no. Io posso solo trasmettere il mio messaggio».

«Alex, la gente muore ogni secondo del giorno e della notte, in tutto il mondo. E senz'altro senza il preavviso del nostro amico di lassù. Perché disturbarsi tanto per me?»

«Perché lei è speciale, Mark. Ha trasformato moltissime vite con il suo libro. Si è guadagnato un trattamento speciale agli occhi di Dio e ora le viene riservata una considerazione particolare. Le viene consentita una possibilità, una scelta che solo lei può esercitare. È a questo che cercavo di prepararla con i miei messaggi forse brutali».

«Una possibilità?»

«Mark, essendo lei così speciale, è stato deciso

che, se lo desidera, può evitare la morte di suo figlio».

«Se lo desidero? Farei qualsiasi cosa per risparmiare mio figlio. Qualunque padre lo farebbe».

Appoggiò la sua mano sulla mia. «Lei non è un padre qualunque. Con tutte le vite che ha già salvato, rientra in una categoria molto più rara».

«D'accordo, allora cosa devo fare per salvare mio figlio?»

«Temo ci sia solo un modo. Potrà salvarlo se accetta di prendere il suo posto. È una possibilità apparentemente piuttosto insolita che viene concessa a pochissimi favoriti ogni anno».

«Che scelta!», esclamai con un sorriso tirato.

«Considerato il profondo amore che prova per suo figlio, si era immaginato che lei avrebbe apprezzato la possibilità che le viene offerta».

«Alex, come posso essere certo che lei è chi sostiene di essere?»

«Mi spiace. Non ho alcuna prova che quanto le dico non siano che le parole farneticanti di un vecchio dalla mente alterata da un macabro senso dell'umorismo. È la sfida del mio mestiere. Ma lei lo saprà, lo saprà...»

«E quando dovrei fare questa scelta?»

«Se le avessi riferito il mio messaggio quando avrei dovuto, il giorno che mi visitò a Stoddard, avrebbe avuto più tempo per riflettere su questo terribile dilemma; mi dispiace molto. Ora temo che le rimanga pochissimo tempo; ecco perché era necessario che la incontrassi da solo, su questo volo. Lei deve decidere entro la mezzanotte del 28 settembre».

La mia risata nervosa fu breve e soffocata. Il 28 settembre, proprio quel giorno! La sera in cui avrei parlato allo Yankee Stadium, davanti a milioni di telespettatori. Quattordici giorni da oggi!

«E come annuncerò la mia decisione, la mia scelta? Mi verrà a trovare quel giorno?»

«No, no, non credo ci vedremo ancora, almeno prossimamente. Come previsto dal suo programma, lei farà un discorso allo Yankee Stadium il ventotto, all'incirca dopo le dieci».

«Alle dieci e mezza».

«Il metodo che deve adottare per annunciare la sua decisione è semplice. Se ha deciso che suo figlio dovrà vivere e che lei ne prenderà il posto rinunciando alla sua vita, quella sera, durante il discorso, dovrà indossare una cravatta rossa. La prego, in cuor suo, di perdonarmi. Non so esprimerle il dolore che provo nel dover essere l'ambasciatore di una notizia così triste; ho smesso di entrare in merito al significato dei miei messaggi tanto tempo fa. Fanno parte della storia personale e unica di ognuno con Dio. Ho voluto dirglielo io perché, come scrittore, credevo che forse sarei riuscito ad attenuarle un po' il colpo».

Sulle sue guance rugose ora scorrevano alcune lacrime. Mi avvicinai porgendogli la mano. «E dopo il 28 settembre, quanto tempo ci vorrà prima che… che?…»

Scosse le spalle. «Non lo so, Mark. Di certo non più tardi del primo giorno del nuovo anno».

Mi sentivo sudare nonostante l'aria fredda che soffiava dall'alto. Stava davvero succedendo a me tutto questo? O si trattava di uno strano sogno? Alex slacciò la cintura di sicurezza, si alzò e si incamminò lentamente verso la toilette. Chiusi i pugni e mi misi a fissare fuori dal finestrino le lucine che lampeggiavano sulla punta dell'ala.

«Signore, le dispiace allacciare la sua cintura? Atterriamo tra poco».

«Atterriamo? Siamo decollati solo dieci o quindici minuti fa».

Mi guardò con aria interrogativa. «Siamo in volo da più di un'ora, signor Christopher. Si allacci la cintura».

Indicai il posto vuoto accanto al mio. «Il mio amico è ancora alla toilette. Forse è meglio che controlli se va tutto bene».

«Chi, signore?»

«Il mio amico, il signor Anthony... Salom. L'uomo che mi sedeva accanto».

Il suo sorriso svanì subito. «Signore, non c'era nessuno seduto accanto a lei. Lei era l'unico passeggero qui davanti».

«Che cosa dice? È stato seduto qui da quando abbiamo lasciato Memphis».

«Signor Christopher, le assicuro che vicino a lei non c'era proprio nessuno».

Si sbagliava, ne ero certo. Allungai la mano nella tasca del sedile anteriore di Alex, cercando il bicchierino di caffè che vi aveva infilato: niente. L'hostess mi porse l'elenco dei passeggeri.

«Come vede, c'è solo un nome in prima classe. Mark Christopher. Nessun altro».

«Ho dormito?»

«No. Le ho offerto un cuscino, ma non lo ha voluto. Abbiamo persino parlato del suo libro, non si ricorda?»

Senza rispondere, mi slacciai la cintura di sicurezza, uscii nel corridoio e corsi verso la toilette in cui era entrato Alex. La porta dava il segnale «Libero». La spalancai e guardai dentro: vuoto!

«Le spiace ritornare al suo posto?» disse la hostess con fermezza. Rassegnato, feci come mi aveva detto, mi riallacciai la cintura e rimasi seduto al mio posto mentre l'aereo girava sopra l'aeroporto internazionale di Atlanta preparandosi all'atterraggio. Quando feci per guardare ancora fuori dal finestrino, il mio piede scivolò sulla rivista che avevo fatto cadere prima. Mi chinai e la raccolsi.

Sotto il titolo in rosso della rivista, c'era il mio nome, scritto con quella calligrafia ormai nota! Solo allora notai l'illustrazione sulla copertina. Sullo sfondo di un deserto rosso, una pianta del secolo, gigantesca e con la foglia più alta puntata direttamente sul mio nome.

CAPITOLO XIX

David Coronet se ne stava, con un'aria minacciosa e le mani sui fianchi, davanti alla finestra della mia suite all'Hilton di New York ad osservare le luci del traffico attraverso il vetro rigato dalla pioggia.

«Dannazione, dannazione!» urlò furiosamente. Aveva appena cancellato, dopo una lunga telefonata con il servizio meteorologico, la parata che la Goliath aveva organizzato a Broadway.

«Mi hanno detto che devo ritenermi fortunato, perché c'è in avvicinamento una tempesta tropicale, ancora più brutta, che nel giro di pochi giorni potrebbe diventare un uragano, dal nome Ernesto. Che razza di un nome per una tempesta. Pensavo che dessero sempre nomi di donna».

«Era così infatti», dissi, «fino a tre anni fa. Ma sai, con la parità dei diritti...»

«Bene, non siamo ancora sconfitti», disse controllando l'orologio. «Il ragazzo mi ha assicurato che l'occhio del ciclone sta girando verso il mare, e nel pomeriggio dovrebbe smettere di piovere in questo modo. Quindi, grazie a Dio, possiamo stare tranquilli per la festa di stasera allo Yankee Stadium. Odio pensare a tutti i problemi a cui andremmo incontro nel caso fossimo costretti a risarcire più di sessantamila biglietti. Dimmi di Louise. Viene a vedere il suo eroe alla conquista della grande città?»

«Impossibile. Mi ha telefonato da Logan un'oretta fa: sono completamente bloccati, e ne avranno ancora per molte ore. Sta tornando a casa per vedere tutto alla televisione».

«Che peccato. Questa è una grande serata... anche per lei».

«Starà con i ragazzi e insieme potranno ugualmente farmi un bel tifo».

Diede un'altra occhiata all'orologio. «Come sono i tuoi programmi per oggi?»

«Stuart passa a prendermi all'una. Rilascerò autografi per un'ora da Macy's e un'altra ora alla Doubleday e quindi rientrerò in albergo a riposarmi un po'. Ultimamente mi sento un po' affaticato il pomeriggio».

«Certo, certo. Devi riposare. Hai avuto delle giornate molto intense e ti siamo tutti grati per la disponibilità che hai sempre dimostrato finora. L'inizio del programma di stasera è previsto per le nove. Ci sarà Norman Vincent Peale in apertura, quindi interverranno tre dei migliori oratori motivazionali, Cavett Robert, Charles Jones e Charles Jarvis. Avranno a disposizione circa venti minuti a testa».

«Li ho sentiti tutti, Dave, e devi ammettere che non mi hai reso le cose facili facendomi parlare dopo dei professionisti come loro».

Sventolò il sigaro. «Non preoccuparti. Andrai

benissimo. Quando devo venirti a prendere? Vuoi assistere al discorso degli altri?»

«Se non ti dispiace, Dave, preferirei fermarmi qui il più possibile per non perdere la concentrazione».

«Nessun problema», disse controllando ancora l'orologio. «Sai cosa ti dico? Passo a prenderti alle nove. Avremo tutto il tempo di attraversare la città, d'accordo?»

Dopo che se ne fu andato, presi dalla ventiquattr'ore gli appunti che avevo scritto per il discorso. Erano tutti numerati e fu solo al foglio numero otto che mi resi conto di non aver letto una singola parola. Guardai la pioggia fuori dalla finestra, pensando a come fossero volate quelle due settimane dopo quel viaggio da Memphis in compagnia del misterioso Alex. Per quanto mi concentrassi, non riuscivo a ricordare i dettagli delle visite che feci successivamente: a Cleveland, Pittsburgh, Washington D.C., Baltimora, Philadelphia e Boston, tranne il pranzo con il Presidente e la First Lady alla Casa Bianca e i due giorni che Louise trascorse con me a Boston.

Per giorni fui tormentato se riferire o meno a Louise di quel secondo incontro con Alexander Anthony. Alla fine decisi che non avevo motivo di preoccuparla, scaricando così il forte peso che mi gravava sulle spalle. Con l'amore che provava per noi, come avrebbe potuto anche solo pensare di fare una scelta tra suo figlio e suo marito? Quale moglie, quale madre avrebbe potuto farlo? No, la decisione finale spettava a me, a me soltanto. Una volta accettato il terribile fatto, riuscii comunque a mantenere il mio segreto per godermi così con lei le quarantotto ore che avevamo a disposizione a Boston.

Stuart mi venne a prendere, come previsto, all'una. Autografai libri sia da Macy's che alla Doubleday e rientrai in camera alle quattro. Dormii fino a quando suonò la sveglia, alle sei, ordinai un panino e un bicchiere di latte, feci la doccia e la barba. Quindi, cercai di concentrarmi sui miei appunti.

Un'ora più tardi ero ancora in alto mare. Che cosa mi stava succedendo? Le parole che avevo provato più volte nelle ultime settimane, le frasi che dettavano i princìpi positivi e fondamentali del mio libro, ora che le ripetevo ad alta voce, mi sembravano vane. Provai ancora, dal principio, ma niente da fare. Sembrava più il riassunto noioso di un libro letto da uno scolaro. Mi resi conto che non era un problema di contenuti. Ero io. Non ero pronto per lo spettacolo di quella sera e le parole con cui tentavo di trasmettere vita risultavano insipide e inadeguate dopo averle ripetute tante volte, in una intervista dopo l'altra. Mi sentivo più un pappagallo che un ambasciatore del successo.

Mi rimaneva ancora un'ora prima di incominciare a vestirmi. Mi sarebbe bastato per scrivere un discorso migliore? Forse. Presi dei fogli bianchi dalla valigetta e mi sedetti al tavolino vicino alla finestra. Venti minuti dopo lanciai la penna contro il muro. Disperazione. Avevo scritto una sola parola: *Absalom*! Il subconscio era diventato conscio. La verità era finalmente venuta a galla e dovevo affrontarla. Questa era la sera in cui Mark Christopher doveva fare la scelta più importante della sua vita... Todd o me... cravatta blu o cravatta rossa?

Mi abbandonai di nuovo sul letto. Avevo la nausea e la testa mi girava terribilmente. Come potevo affrontare con entusiasmo quella folla immensa, le telecamere, mentre il cuore mi scoppiava dentro? Come? Anche con la testa affondata nel cuscino, intravvedevo la fotografia di Louise, Todd e Glenn che appoggiavo sempre sul comodino, in qualsiasi albergo, in qualsiasi città. Me li immaginavo in salotto, seduti vicini, in nervosa attesa del grande momento in cui sarei apparso sullo schermo. Come potevo deluderli? Se l'avessi fatto, già vedevo i titoli del giorno dopo: «La sconfitta di "Mr. Successo" allo Yankee Stadium!» Oh Dio, Dio!

Dio?

C'era una Bibbia sul comodino, accanto alla fotografia. Mi sollevai e la presi tra le mani. Quando ero piccolo, mia madre e io spesso di sera facevamo un gioco: aprivamo la sua Bibbia a caso, puntavamo il dito su una pagina e leggevamo il verso che stavamo toccando. Quello, come mi assicurava sempre la mamma, era il messaggio speciale di Dio per aiutarci ad affrontare i problemi del momento. Le credevo. Beh, avevo già ricevuto un messaggio recentemente, grazie ad Alexander Anthony. Perché non riceverne un altro?

Aprii la Bibbia e feci scorrere il dito sulla pagina di destra con gli occhi chiusi. Quando guardai, l'indice era fermo su due versi di Matteo:

E quando vi consegneranno nelle loro mani, non

preoccupatevi di come o di che cosa dovrete dire, perché vi sarà suggerito in quel momento ciò che dovrete dire: non siete infatti voi a parlare, ma è lo Spirito del Padre vostro che parla in voi (Mt 10,19-20).

Chiusi la Bibbia sentendomi più in pace con me stesso di quanto lo fossi stato nelle ultime due settimane.

Alle dieci e un quarto, David Coronet mi accompagnò lungo i grandi spogliatoi dello Yankee Stadium fino alla panchina affollata di gente, dove incontrai Norman Vincent Peale e i tre oratori che mi augurarono buona fortuna. In fondo al campo era stato allestito un palco gigantesco con davanti migliaia di sedie, tutte occupate. Il pubblico aveva già cominciato a urlare: «Mr. Successo, Mr. Successo, vogliamo Mr. Successo!» Mi sentivo paralizzato combattendo allo stesso tempo il desiderio di fuggire, di nascondermi, ovunque!

Una mano mi afferrò il gomito destro. David indicò le tre telecamere della televisione. «Quell'uomo laggiù con il cappellino in testa, vicino alla terza telecamera», David mi urlò nell'orecchio, «è il regista. Quando mi farà cenno, dovrò salire sul palco e presentarti al microfono. Quando dirò "Ascoltiamo Mr. Successo!" toccherà a te. Mi raccomando, sali gli scalini lentamente, lascia che l'applauso aumenti per bene. D'accordo?»

Annuii.

«Dove sono i tuoi appunti?» urlò.

«Non ne ho».

«Incredibile! Hai imparato a memoria tutto il discorso?»

«Non esattamente».

«Non esattamente? Cosa significa?»

In quel momento il signore con il cappellino in testa ci fece un cenno.

«Spero che tu sappia cosa stai facendo. Buona fortuna!»

«Grazie», dissi schiarendomi la voce e prendendo il fazzoletto per asciugare il sudore dalla fronte. «Dio», sussurrai, «aiutami adesso, ti prego!»

«A proposito, Mark, stai benissimo», gridò David dirigendosi verso il palco. «Complimenti per il vestito, è molto elegante. È davvero perfetto con quella cravatta rossa!»

CAPITOLO XX

Non ricordo assolutamente niente del mio discorso. Ricordo di essermi avvicinato al podio e ai microfoni e di aver risposto al lungo applauso salutando e sorridendo nervosamente e, alla fine, di aver mandato baci a un oceano di volti sorridenti. Ma del discorso, niente. Non ricordo proprio niente! Persino quando Louise mi fece rivedere la registrazione, stentavo a riconoscere una sola delle parole che avevo detto.

Cinque giorni dopo, il 3 di ottobre, la Goliath Books fece pubblicare sui trenta quotidiani più diffusi d'America una pagina con il testo integrale del discorso allo Yankee Stadium.

Quanto segue è una copia di quanto uscì sui giornali...

LA CHIAVE PER UNA VITA MIGLIORE

Uomo o donna che tu sia... ovunque ti trovi, ignora le preoccupazioni e i problemi del momento e dammi la mano. Accompagnami in questa missione esplorativa: un viaggio della mente che potrà aiutarti a migliorare la vita.

Non è oro, né argento e nemmeno petrolio ciò che stiamo cercando, ma qualcosa di ancora più prezioso – una chiave – una semplice chiave che potrà aprire la porta della nostra prigione – liberandoci dall'inferno dell'infelicità, dell'incertezza e dell'insuccesso – e darci almeno un'opportunità di esaudire i nostri sogni. Se la troviamo, quella stessa chiave aprirà lo scrigno che contiene le risposte ai più grandi interrogativi che da secoli tormentano l'uomo...

Esiste un modo migliore di vivere?

Abbiamo imparato che l'uomo è l'unico animale che non sa niente e che non può imparare niente da solo se nessuno glielo insegna. Non può parlare, né camminare, né mangiare o fare qualsiasi altra cosa per natura, tranne piangere.

Nel corso dei secoli abbiamo appreso molte cose, ma con l'aumentare del sapere il nostro pianto non è diminuito. Le lacrime di sconforto, di fallimento, di frustrazione, di autocommiserazione, di inutilità e di paura sono diffuse oggi come un tempo, quando Omero sosteneva che, di tutte le creature in vita sulla terra, nessuna è triste quanto l'uomo.

Perché è così? Perché siamo infelici? Non è forse vero che siamo stati creati a immagine e somiglianza di Dio e che siamo riusciti a dominare il mondo? Quando abbiamo rifiutato la nostra immagine? Come abbiamo rinunciato al nostro potere? Perché in cuor nostro siamo sempre insoddisfatti?

Forse Dio ci ha abbandonati per strada? Si è stancato di vederci sprecare le risorse, il talento che ci ha donato, il paradiso che aveva preparato per noi, andandosene quindi in altri mondi, in altre galassie e lasciandoci soli al nostro destino? Avrebbe potuto farlo davvero considerate le nostre tante contraddizioni, prevedendo che avremmo avuto così tanti problemi?

L'uomo è l'unico animale che ride e arrossisce, eppure questa stessa creatura, che sa essere così dolce e buona, è l'unico essere vivente che vive alle spalle della sua stessa specie. Perché? Perché uccide, ruba, violenta, depreda, mente e inganna se davvero è la più grande tra le creature? Perché, con le sue stupide azioni, condanna se stesso a una vita di schiavitù, di disperazione, di fallimenti e di frustrazioni, se è lui il centro del cosmo? E – se ormai viviamo in questo triste stato da millenni – vi è una ragione di credere che possiamo ancora cambiare, che possiamo scoprire un modo migliore di vivere?

Questo è l'oggetto della nostra ricerca. Ascoltami dunque e ascoltami bene. Quanto riusciremo a fare insieme potrà determinare il modo in cui vivrai il resto dei tuoi giorni.

Incominciamo il viaggio che dobbiamo intraprendere ben consapevoli di dove siamo al momento della partenza. La risposta a queste cinque domande dovrebbe dare una precisa definizione della tua posizione nella strada contorta della vita:

Possiedi il controllo della tua vita?

Sei in pace con te stesso e con chi ti circonda?

Sei fiero dei risultati che hai raggiunto finora?

Stai godendo insieme alla tua famiglia i frutti del tuo lavoro?

Sei felice e soddisfatto?

Sono domande molto semplici. Ma rispondervi è difficile, spesso doloroso. Doloroso perché, sinceramente, è raro – come un diamante di venti carati – poter rispondere affermativamente a tutte e cinque le domande. Metti insieme i pochi fortunati e ti accorgerai che, nel mondo, sono solo una piccola percentuale su sei miliardi di abitanti.

Perché non sappiamo vivere in pace e in serenità su una terra che ci è stata donata con amore?

Siamo solo fantocci – attori su di un palcoscenico – che avverano le profezie del passato? Aveva ragione Giobbe a dire: «L'uomo, nato di donna, è breve di giorni e sazio di inquietudine» (Gb 14,1)? Sofocle compiangeva il nostro vero destino quando chiese: «Quale tormento è fuori della portata dell'uomo? Qual è il pesante fardello che non saprà sostenere?»; o Lucrezio quando intinse la sua penna nell'inchiostro e scrisse: «O miserabile mente dell'uomo! O bestie accecate! In che oscurità e attraverso quali pericoli deve passare la vita qualunque sia la sua durata!»

È facile deridere gli sforzi che l'uomo fa per vivere meglio da quando fu cacciato dal paradiso terrestre. Molti sono coloro che dichiarano con disprezzo che tutti i mortali sono stolti e che siamo tutti nati con un cappio intorno al collo. Le loro parole, ripetute nella storia e nella letteratura, sono un facile riparo e un'utile scusa quando falliamo, quando siamo stanchi di tentare di migliorarci, sopraffatti da forze che non siamo in grado di controllare, quando gli imprevisti hanno esaurito le nostre risorse. La scon-

fitta, in qualche modo, sembra più facile da sopportare se la attribuiamo al nostro triste destino. In questo modo ci lasciamo abbandonare, dopo una breve battaglia, in un mare di mediocrità, lasciamo che la ruggine corroda le nostre vere possibilità oppure vaghiamo in quelli che avrebbero potuto essere gli anni migliori della nostra vita, pieni di amarezza e di autocommiserazione, e vedendo solo di sfuggita come avrebbero potuto essere. La profezia si avvera.

Perché ci siamo lasciati toccare da questa tragedia, da questo flagello di infelicità e di insuccesso? Perché sappiamo sconfiggere malattie gravissime, raggiungere pianeti lontani, vedere con i nostri occhi e dalla quiete della nostra casa ciò che avviene a migliaia di chilometri di distanza, progettare macchine che possono esaudire ogni nostro desiderio, trapiantare gli organi, persino creare la vita in provetta e tuttavia ci riesce ancora così difficile migliorare l'opinione che ha l'uomo di se stesso e delle sue possibilità?

Hanno ragione i profeti di un tempo e di oggi sul destino? La nostra esistenza non ha alcuno scopo? Il mondo, questa sfera rotante su cui abitiamo, non è che un formicaio, un mucchietto di polvere con un andirivieni di mille formichine? La nostra vita, il bene più prezioso che abbiamo, non è forse più di un piccolo intervallo di tempo tra due eternità che mai ci concede una seconda possibilità?

Per quale ragione in una delle nazioni più ricche e vitali che siano mai esistite, oltre trecentomila persone cercano di togliersi la vita ogni anno? Perché non sappiamo affrontare la realtà dei nostri gior-

ni considerato il fatto che il numero di ricette prescritte per tranquillanti, lo scorso anno, è stato superiore ai cinque milioni di dollari? Perché si devono curare oltre quattromila nuovi casi mentali al giorno e aspettare impotenti mentre il numero di tossicodipendenti e di alcolizzati cresce spaventosamente? È così che dobbiamo vivere, temendo gli insuccessi e gli orrori di ogni giorno al punto da desiderare la fuga anche rischiando la nostra stessa distruzione?

Ci deve essere un modo migliore di vivere.

C'è *un modo migliore di vivere!*

Insieme al dominio del mondo, ci è stato concesso anche il dominio di noi stessi. Dio non è il nostro navigatore. Non ci ha mai tracciato un percorso da seguire per averci tutti al suo servizio. Al contrario, ci ha fatto dono di intelletto, di talento e della possibilità di prepararci la strada da soli, di scrivere noi stessi il Libro della Vita nel modo che scegliamo.

La scelta! La chiave è la scelta. *Non dovete trascorrere la vita disperandovi nel fallimento, nell'ignoranza, nel dolore, nella povertà, nella vergogna e nell'autocommiserazione. Allora perché tanti di noi scelgono di vivere in questa maniera? Chi è tanto stolto da preferire il fallimento al successo, l'ignoranza alla conoscenza, la povertà alla ricchezza?* Nessuno! *Come spieghiamo dunque quella grande moltitudine di gente che continua a vivere nella mediocrità, insoddisfatta, frustrata, invidiosa, insicura, incapace persino di rispettare i propri impegni quotidiani e triste, triste al punto che ogni nuovo giorno non produce germogli di speranza, ma solo nuove erbacce di disperazione bagnate da piogge di lacrime?*

La risposta è semplice e ovvia. Chi vive nell'infelicità non ha mai scelto le cose migliori della vita perché non ha mai avuto la consapevolezza di avere la possibilità di una scelta! Per lui la vita non è mai stata un gioco d'abilità in cui lo studio, il duro lavoro, il coraggio e la perseveranza possono cambiare il fallimento in successo, la disperazione in felicità. Questa vasta schiera di perdenti guarda invece alla vita come a una guerra in cui stare sempre sulle difensive e lottare con i loro talenti inferiori contro forze superiori, una guerra che questi sono sempre destinati a perdere perché convinti che la loro unica scelta sia quella di sopravvivere o di perire. Che tristezza!

Se sai cosa significa mangiare le briciole dell'insuccesso, lavorare faticosamente in costante compagnia dell'infelicità, dormire con lacrime di disperazione, lasciati tutto alle spalle, guarda bene. Considera le scelte che ti sono ancora possibili, quelle che puoi fare subito, indipendentemente dalle tue condizioni del momento, così da poter vivere il resto della tua vita nel modo che il creatore ha inteso per te nella gloria, non nella vergogna.

Fai tue le parole che seguono. Stringile al cuore e lascia che questi vecchi princìpi, queste regole dimenticate, questi sacri canoni del passato, divengano tutti una dichiarazione pubblica della tua intenzione di vivere una vita migliore. Questo è il tuo manifesto personale...

Siamo in tanti a svegliarci ogni mattina col terrore nel cuore. Affrontare la monotonia di un altro giorno con le sue infinite pressioni e per una così piccola ricompensa è una vera agonia. Ci laviamo, indossiamo il nostro costume e riluttanti ci sforziamo di strisciare fuori dal bozzolo per confrontarci con un mondo che immaginiamo pronto a calpestarci e poi divorarci. Ogni giorno ripetiamo il lavoro ingrato del giorno prima, solo che le ore sembrano farsi dolorosamente più lunghe con il passare degli anni. Il corpo è stanco. La mente è intorpidita. Gli impegni aumentano. Il futuro è vago. Poi si giunge alla fine dei giorni. Sonno benedetto. Oblìo. E il sole sorge ancora.

Io scelgo un modo migliore di vivere!

Perciò, ogni mattina, mi sveglierò e mi inginocchierò per ringraziare Dio per il dono che Lui solo può dare: il dono di un nuovo giorno. È questo ciò che possiedo di più prezioso. Se dovessi mai provare ingratitudine, sottovalutando questo miracolo, non mi resterebbe che aprire il giornale alla pagina degli annunci mortuari e scorrervi quel lunghissimo elenco di nomi; nomi di persone che preferirebbero prendere il mio posto malgrado i miei problemi. Al cimitero non si hanno problemi. Preferisco essere dove mi trovo. Sono profondamente grato per questa opportunità e mostrerò la mia gratitudine in tutto ciò che faccio oggi. La meridiana conta solo le ore di sole; io invece le conterò tutte. Custodirò ogni minuto. Sono immortale fintanto che avrò terminato il mio lavoro, e sono solo al principio. Dio ti ringrazio. Questo giorno mi è servito per provare che la tua fiducia nelle mie capacità non è stata malriposta. Come sono fortunato di vivere.

Molti di noi trascorrono la propria vita alla ricerca della felicità. Come i bambini con le uova di Pasqua. La vita sarebbe così diversa, diciamo, se solo fossimo felici. E così, alcuni ritornano presto a casa per essere felici e altri scappano di casa per essere felici. Alcuni si sposano per essere felici ed altri, per essere felici, divorziano. Alcuni vanno in crociere costosissime mentre altri fanno gli straordinari per essere felici. Una ricerca infinita. Anni sprecati. Follia. La luna è sempre troppo lontana, la frutta non è mai abbastanza matura, il vino troppo secco. Ombre. Lacrime. Il nostro cuscino conosce la verità.

Io scelgo un modo migliore di vivere!

Perciò, ho terminato la mia ricerca della felicità. Come sono stato cieco! Ora so che la felicità non si nasconde in quella casa nuova, in quel nuovo posto di lavoro, in quel nuovo amico. E non è mai in vendita. Quando non riesco a trovare soddisfazione in me stesso, è inutile cercarla altrove. Quando sono le cose fuori di me a darmi gioia, sono destinato alla delusione. Ora capisco che la felicità non ha niente a che fare con l'*avere*. Consiste invece nell'*essere* soddisfatti di ciò che si ha e non si ha. Pochissime cose sono necessarie per fare felice un saggio mentre nessuna ricchezza materiale al mondo sarà mai abbastanza per uno stolto. Io non sono uno stolto. Ho disegnato un cerchio intorno a me. Ogni volta che lo oltrepasserò non sarà per *prendere* ma per *dare*. Mi accontento di poco. Finché avrò qualcosa da fare, qualcuno da amare, qualcosa per cui sperare, sarò felice. Adesso so che l'unica fonte di felicità è dentro di me, e comincerò a diffonderla. Come con un profumo, so che non posso versarlo su altri senza ritrovarmene qualche goccia addosso.

Molti di noi considerano come schiavitù le ore trascorse al lavoro. Ogni giorno ci trasciniamo come se avessimo un peso alle gambe, con le mani svogliatamente impegnate e gli occhi sempre fissi sull'orologio. "Fa' che questo giorno passi in fretta", preghiamo, "per fuggire da questo posto abominevole immerso nell'oscurità". Indietreggiamo alla voce dell'autorità, disprezzando il potere che decreta come dobbiamo comportarci, come dobbiamo pensare. Ci sentiamo così impotenti, come i bambini. Se disobbedisci sarai punito. Il cibo, la casa, la nostra stessa esistenza ci impongono di lavorare. È questo il nostro destino? I ferri del mestiere, il parlare da venditore, il computer senza vita... sono questi il mio futuro fino a quando non verrò liberato dalla morte? È tutto qui? Lasciatemi in pace.

Io scelgo un modo migliore di vivere!

Perciò affronterò ogni lavoro – per quanto umile, arduo e noioso possa essere – come se il mio ingresso in paradiso dipendesse dall'impegno che dedico alla sua realizzazione. Ora conosco il più grande segreto del successo. Ora so che se faccio sempre di più di quanto ci si aspetti da me, di quanto mi viene chiesto di fare, il cammino verso una carriera migliore e più soddisfacente è inevitabile. Il compito che devo svolgere in questo momento non è una sentenza di morte. Ho la chiave per liberare me stesso. Non devo fare altro che buttarmi nel mio lavoro con entusiasmo, amore e tenacia; potrò sciogliere così le catene dai miei piedi. Io non sono la semplice rotella di un ingranaggio: sono l'ingranaggio stesso e lo proverò. Come? Dimostrando con l'azione che valgo molto più del denaro che ricevo. Il lavoro di adesso è solo una tappa secondaria. Dio ha progetti più grandi per me, che non si realizzeranno per caso. Devo guadagnarmi il privilegio di affrontare sfide maggiori. Un giorno sarò ricompensato. Ne sono certo.

Molti di noi si giudicano piccoli, inferiori. Siamo troppo cauti. Abbiamo il timore di osare. Non siamo abbastanza coraggiosi. E così si muore prima di raggiungere la mezza età. Cosa è successo ai grandi sogni della nostra gioventù? Suicidio. Schiacciati dalla nostra stessa premura, dalla mancanza di fiducia in noi stessi e nelle nostre possibilità. E le occasioni? Ce ne sono state molte. Ma c'era sempre un rischio. Osiamo? Vacilliamo. Il tempo scorre in fretta. L'occasione è svanita. Ci tormentiamo. Gli anni passano. Finalmente ci convinciamo che è troppo tardi e ci accontentiamo di una vaga imitazione della vita. Invidiamo coloro che conseguono il successo. Come sono fortunati.

Io scelgo un modo migliore di vivere!

Perciò affronterò ogni rischio accogliendo tutte le occasioni che mi si potranno offrire, a me e alla mia famiglia, per una vita migliore. Non credo più che chi non si ferma non mette radici. È meglio continuare a muoversi – anche se abbiamo esaurito tutta l'energia – piuttosto che rimanere sepolti per sempre nell'ombra. Questo si avvererà presto. Disprezzerò me stesso se guardando indietro nella mia vita mi renderò conto che avevo il talento e la capacità di fare grandi cose senza però riuscire a trovare il coraggio di tentare. So cosa posso fare e anche quel poco che ho fatto finora. Ho sprecato le mie opportunità come quei bambini in riva al mare che si riempiono le mani di sabbia e se la lasciano scivolare dalle dita. Non è troppo tardi: posso ancora riempirmi le mani. Posso ancora crearmi un futuro di successo e felicità. Sono in grado di fare grandi cose e ora so che i miei risultati non supereranno mai la fiducia che ho di me stesso. Ho una fiducia nuova. Sono stato fatto a immagine di Dio. Non sono stato creato per fallire. La sconfitta? È possibile. La fuga? Mai più!

Queste quattro scelte di vita, che tutti possono fare, sono solo un piccolo esempio delle miriadi di opportunità che ci si presentano davanti ogni giorno. Ora che hai compreso il processo mentale che comportano, che hai visto come è facile distinguere il bene dal male nella vita, che sei stato avvertito del fatto che ci sono scelte da fare lungo il percorso, non è più necessario elencare ulteriormente i nostri sbagli e il modo per correggerli. Il mondo è già fin troppo pieno di libri di regole, di guide sul "come...", di corsi e cassette che rivelano i segreti del successo, che segreti non sono affatto. L'ultima cosa di cui hai biso-

gno sono altri princìpi e consigli su come aumentarlo, come accumulare ricchezze, come recuperare la stima di sé. E anche se si conoscesse la verità, gli uomini difficilmente seguono regole o leggi, per quanto importanti e benefiche possano sembrare. Pensiamo solo alla più grande guida di vita che abbiamo mai ricevuto, i Dieci Comandamenti, spesso ignorati visto che neanche la metà di coloro che sostengono di credervi riesce a ricordarne più di cinque!

E per quanto riguarda la felicità, la pace della mente, la serenità? Bisogna forse rinunciarvi per raggiungere il successo, la fama e la gloria? È questo il terribile scotto che tu e la tua famiglia dovete pagare, come già hanno fatto tanti altri, per raggiungere i tuoi nuovi obiettivi?

La scelta spetta a te. Vuoi avere tutto: il successo, ma anche la felicità, la pace della mente e la serenità? Non vuoi forse troppo? No! Apri il tuo cuore e scoprirai che non è difficile. Scegli semplicemente di vivere ogni giorno come hanno fatto in passato due speciali messaggeri di Dio. Trova il tempo di memorizzare la loro umile preghiera:

Signore, fammi strumento della tua pace;
dove c'è odio, fammi seminare amore;
dove c'è un torto, perdono;
dove c'è dubbio, fede;
dove c'è disperazione, speranza;
dove c'è oscurità, luce;
e dove c'è tristezza, gioia.

Passerò per questo mondo una volta sola. Per cui tutto il bene che posso fare o la gentilezza che posso dimostrare a un essere umano, permettimi di farlo adesso. Non farmi indugiare perché non ripasserò più di qui.

Ora sei libero!

Finalmente puoi aprire la porta della tua prigione e avanzare a testa alta verso il futuro che ti meriti, certo che Dio non ti chiede niente in cambio; Egli ci dà ciò che ci guadagnamo come lo guadagnamo, il bene o il male, il paradiso o l'inferno, secondo la nostra scelta.

C'è un modo migliore di vivere... e tu hai scoperto la chiave perduta!

Scegli di usarla!

CAPITOLO XXI

Ritornai a Jaffrey il giorno dopo il discorso allo Yankee Stadium. Ero sfinito, sia emotivamente che fisicamente. Dopo essermi trascinato a letto – come se dalla mia partenza fossero trascorsi degli anni – dormii per ventiquattr'ore di fila. Eppure, con grande sorpresa di Louise, due giorni dopo mi trovavo già nella mia preziosissima torre, davanti alla vecchia macchina da scrivere, affrettandomi a scrivere, prima che fosse troppo tardi, i ricordi di quanto era successo nelle ultime sei settimane. «Non più tardi del primo giorno del nuovo anno», aveva detto Alex. Naturalmente Louise immaginava che avessi incominciato a lavorare sul mio nuovo libro, approfittando del ricordo ancora vivo delle esperienze e degli incontri fatti durante il viaggio. Non feci niente per farle credere il contrario.

Ci vollero quindici giorni per scrivere questo mio racconto che ho terminato il 18 di ottobre. Per quello che avevo pensato potesse essere il capitolo finale, il capitolo ventesimo, scrissi – come avete potuto leggere – qualche riga a proposito della mia amnesia, vi unii il testo del discorso comparso sui giornali, infilai tutto in una cartella e la chiusi a chiave nell'ultimo cassetto della scrivania. *Tutti i capitoli che avete letto sono esattamente come li ho scritti e nulla è stato cambiato alla luce di quanto poi accadde.*

Certamente Louise ora avvertiva un cambiamento in me. Probabilmente se ne accorsero anche i due ragazzi. Sebbene avessi cercato in tutti i modi di essere il marito e il padre che ero sempre stato, so di avere fallito miseramente. Ero più triste, mi irritavo per delle sciocchezze, ed era scomparsa anche quell'ironia che aveva sempre regnato tra di noi. Probabilmente cercavano di interpretare il mio strano atteggiamento, attribuendolo alla forte pressione a cui ero stato sottoposto nei giorni precedenti. Prima o poi il papà sarebbe tornato a essere quello di prima.

Ogni mattina mi svegliavo felice di aver superato un'altra notte; ma purtroppo l'entusiasmo lasciava presto il posto alla triste consapevolezza che quello sarebbe potuto essere l'ultimo giorno in cui avrei visto il sole, sentito il profumo dei pini o ascoltato la voce di chi amavo tanto. Cercai affannosamente, tra i libri della mia biblioteca nella torre, una consolazione dai grandi pensatori del passato che si erano trovati a dover lottare con l'inevitabilità della morte. Ma trovai ben poco sollievo. Non mi incoraggiava leggere che «la morte non è un nemico, ma un'avventura invisibile» o che «la morte è la chiave dorata che apre il palazzo dell'eternità». L'unica avventura che desideravo era una passeggiata nei boschi in compagnia di Todd e di Glenn e l'unico palazzo che mi stava a cuore era a Jaffrey, in cima a una collina.

Diventai molto distratto: smarrivo le cose di tutti i giorni, come le chiavi della macchina o il portafogli, dimenticavo dove avevo parcheggiato la macchina in città oppure dove avevo lasciato la mia penna preferita o la rivista che stavo leggendo. Mentre chiacchieravo con Louise, la mente si affollava di nomi per me insignificanti, sebbene cercassi di nasconderlo. E spesso, giorno e notte, riflettevo a fondo sulle parole di Alexander Anthony a proposito del destino della pianta del secolo, molto simile al mio. Dopo un breve momento di gloria, l'alto stelo che era stato Mark Christopher stava ormai per crollare a terra.

Ma poi l'amarezza che provavo per il crudele colpo che mi aveva riservato il futuro cominciò a svanire, o forse mi ero stancato di combatterla, accettando le parole che Seneca un tempo disse: «Quel che deve essere, sarà; e ciò che per colui che combatte è una necessità, per colui che vuole è una scelta». *Ancora la scelta.* Ma non permisi mai alle mie paure di offuscare uno solo dei princìpi che avevo sostenuto nel mio libro a proposito della possibilità dell'uomo di elevare la propria vita con l'uso degli strumenti, dei doni che aveva ricevuto dal suo Creatore. La mia fede in Dio restò salda. Pregavo di avere aiuto, di avere il coraggio di resistere davanti a qualsiasi cosa fosse accaduta.

Arrivò il Giorno del Ringraziamento. Come tutti gli anni guardai con i ragazzi una partita di football americano alla televisione mentre Louise trafficava in cucina. La settimana dopo, arrivò per posta una valanga tale di auguri natalizi che Louise si vide tristemente costretta a rimandare la giornata dedicata all'acquisto dei regali. Io, invece, accolsi con sollievo quel ritardo perché, nello stato in cui ero, non ero sicuro di poter sopportare la gioiosa atmosfera del Natale. Mentre Louise e gli altri erano impegnati con la selezione dei biglietti di auguri, io trascorrevo sempre più tempo nella torre, da solo, in attesa...

Un giorno, seduto alla scrivania con davanti il calendario, decisi all'improvviso di bruciare queste pagine. Capii che non potevo lasciare a Todd il racconto che avevo scritto per me stesso: sarebbe stata una ferita troppo dolorosa che l'avrebbe segnato in eterno una volta appreso di essere vivo solo perché suo padre aveva accettato di barattare la sua vita per concedere a lui di vivere ancora. Che cieco ero stato! Avevo appena aperto il cassetto in cui era riposto il manoscritto, quando Louise irruppe nella torre.

«Cosa succede?»

Senza più fiato per la corsa, farfugliò: «Tieni», e mi porse una busta marroncina, dall'aspetto familiare, con il mio nome scritto in bella calligrafia. La aprii subito e lessi il messaggio sul cartoncino bordato d'oro. La lessi e rilessi ancora.

Non sei stato abbandonato.

Ho interceduto per tuo conto ottenendo il mio primo e ultimo miracolo.

Il programma è stato cambiato.

Dopo una lunga e dovuta riflessione e con il rie-

cheggiare delle parole del tuo forte messaggio nei colli infiniti del paradiso, è stato deciso che devi restare come sei, dove sei, tra coloro che ami, per continuare così a condividere con l'intera umanità la chiave per una vita migliore.

Ti potrà forse interessare anche sapere che sono stato abilmente assistito, nel sostenere la tua causa, da un altro collega scrittore la cui opinione ha avuto gran peso, un uomo chiamato Joshua Croydon.

Possiate tu e la tua famiglia trascorrere un Buon Natale e molti altri Felici Anni Nuovi... insieme.

Rimasi a fissare quelle parole così a lungo che Louise alla fine prese il biglietto dalle mie mani e lo lesse. Poi me lo restituì. «Non capisco, Mark. Cosa significa? Non è neanche firmato A. B. Salom...»

La afferrai per la vita sollevandola in aria, poi la feci sedere sul divano e le raccontai tutto. Tutto!

«Oh, mio Dio», continuava a ripetere. «Ti sei tenuto dentro questo terribile segreto da... da quel volo da Memphis. E nonostante tutto hai continuato il viaggio e hai fatto il discorso come se niente fosse!»

«Ho cercato, Louise, ti assicuro che ho cercato».

«È un miracolo che tu non sia completamente andato in pezzi. Perché non me l'hai detto? No, non rispondere; lo so. Non volevi scaricarti su di me, vero?»

Per la prima volta da quando ero tornato a casa si sentì una grandissima risata nella torre.

Il giorno di Natale, il più bello della mia vita, mi rivolsi a Louise dopo che fu aperto l'ultimo regalo. «Quanto tempo ci vorrà prima di vedere il profumatissimo tacchino che c'è in forno?»

«Due ore. Perché?»

«Vado a fare un giro in macchina. Sarò di ritorno in un'oretta, d'accordo?»

«Certo». Piegò la testa chiedendomi: «Stoddard?»

«Sì. Voglio ringraziarlo. Non credo ci sia un giorno migliore per farlo».

«Cosa ti fa pensare che il signor Anthony sarà lì? Suppongo che i suoi "impegni" lo facciano girare parecchio».

«Vale la pena di provare lo stesso».

Mentre infilavo il cappotto, Louise entrò in anticamera. «Mark, non gli porti nessun regalo? È Natale».

«Santo cielo, hai ragione. Hai un'idea?»

«Sì. Porta Todd. Credo che il nostro amico sarà contento di conoscere l'altra metà della scelta».

I lati della strada erano ancora ricoperti dalla neve leggera che era scesa quella sera, ma la strada era quasi libera dal traffico e ci volle meno di mezz'ora per arrivare a Stoddard. Trovai facilmente Birch Point Lane, percorsi la stradina sterrata come avevo fatto la prima volta, e mi fermai, cercando il passaggio tra i cespugli di mirtilli. Ma non la trovavo. Attraverso il labirinto di rami senza foglie riuscivo a intravvedere a malapena il laghetto. C'era qualcosa di strano, di diverso.

«Scendiamo dalla macchina, Todd».

Insieme ci inoltrammo attraverso il fitto muro di arbusti intrecciati e Todd mi seguì quando quasi mi precipitai giù dal pendio verso il grande camino che emergeva come un iceberg grigio tra i giovani pini e gli abeti.

Todd inciampò e mi indicò da terra la trave annerita che l'aveva fatto cadere. «C'era un fuoco qua, papà, ma deve essere stato molto tempo fa. Guarda come sono alti questi alberi».

Mi portai vicino al focolare e in quel momento mi sentii rabbrividire. Mentre passavo la mano sulla pietra che un tempo sorreggeva una grande mensola, una voce chiese: «Posso aiutarvi?»

Mi voltai e vidi una anziana signora con uno scialle sulle spalle. «Buon Natale», disse sorridendo. «State cercando qualcuno? Abito lassù e forse posso esservi di aiuto».

«Sì, cerchiamo il signor Anthony...»

«Chi?»

«Anthony. Alexander Anthony. Aveva una casa qui, se non sbaglio».

«Anthony. Ah, certo, viveva qua un tempo, tutto solo. Un brav'uomo. Non ha mai dato fastidio a nessuno. È morto – mi faccia pensare – nel 1964, o forse nel '65? Non aveva parenti, almeno nessuno che conoscessimo. È stato sepolto nel piccolo cimitero dietro la chiesa. Andai al funerale, con Alfred, mio marito. È morto anche lui. C'eravamo solo noi due alla cerimonia. Una settimana dopo ci fu un forte temporale e un fulmine colpì la sua casa incendiandola completamente. Un vero peccato con tutti quei libri dentro: non vi rimasero che ceneri».

«Grazie», dissi gentilmente.

«Lieta di esserle stata utile. Buon Natale!»

«Buon Natale», gridò Todd mentre la donna si allontanava da noi e avvicinandosi a me come se avvertisse che c'era qualcosa di strano. «Andiamo ora, papà?»

«Credo che sia meglio, figliolo».

Passò vicino al camino dando un calcio a una piccola trave appoggiata contro la pietra annerita. Poi si chinò raccogliendo un oggetto rotondo, bruciato al punto da non poterlo quasi riconoscere.

«Guarda, papà», esclamò sfregandolo con le mani. «È una palla da baseball! Una palla da baseball! E c'è scritto sopra qualcosa!»

Allungai la mano per prenderla. La accarezzai per parecchi minuti prima di avvicinarla ai miei occhi e leggere l'unica parola ancora leggibile...

CON AMORE

INDICE